Viagens Extraordinárias

Obras Completas de Júlio Verne em 90 volumes

1ª Série

1. A Volta ao Mundo em 80 Dias
2. O Raio Verde
3. Os Náufragos do Ar - A ILHA MISTERIOSA I
4. O Abandonado - A ILHA MISTERIOSA II
5. O Segredo da Ilha - A ILHA MISTERIOSA III
6. A Escuna Perdida - DOIS ANOS DE FÉRIAS I
7. A Ilha Chairman - DOIS ANOS DE FÉRIAS II
8. América do Sul - OS FILHOS DO CAPITÃO GRANT I
9. Austrália Meridional - OS FILHOS DO CAPITÃO GRANT II
10. O Oceano Pacífico - OS FILHOS DO CAPITÃO GRANT III

2ª Série

1. O Correio do Czar - MIGUEL STROGOFF I
2. A Invasão - MIGUEL STROGOFF II
3. Atribulações de um Chinês na China
4. À Procura dos Náufragos - A MULHER DO CAPITÃO BRANIGAN I
5. Deus Dispõe - A MULHER DO CAPITÃO BRANIGAN II
6. De Constantinopla a Scutari - KÉRABAN O CABEÇUDO I
7. O Regresso - KÉRABAN O CABEÇUDO II
8. Os Filhos do Traidor - FAMÍLIA-SEM-NOME I
9. O Padre Joann - FAMÍLIA-SEM-NOME II
10. Clóvis Dardentor

L'ILE MYSTERIEUSE

PAR

Jules VERNE

154 Dessins   par P. FÉRAT

Viagens Extraordinárias

Obras Completas de Júlio Verne em 90 volumes

1ª Série

Vol. 4

Tradução e Revisão

Mariângela M. Queiroz

Villa Rica Editoras Reunidas Ltda

Belo Horizonte

Rua São Geraldo, 53 - Floresta - CEP 30150-070 - Tel.: (31) 212-4600

Fax: (31) 224-5151

http://www.villarica.com.br

Júlio Verne

O ABANDONADO
A Ilha Misteriosa II

Desenhos de L. Bennet

VILLA RICA
Belo Horizonte

2001

Direitos de Propriedade Literária adquiridos pela
VILLA RICA EDITORAS REUNIDAS LTDA
Belo Horizonte

Impresso no Brasil
Printed in Brazil

ÍNDICE

A Tartaruga	9
Um Barril e Dois Caixotes	20
Explorando a Ilha	32
O Jaguar	43
O Balão, a Canoa e a Escada	53
Invasão no Palácio de Granito	65
Construindo Uma Ponte	77
Mestre Jup	88
A Fábrica de Vidro	98
A Baleia	110
Explorando o Poço	121
Bonadventure	129
Rumo à Ilha Tabor	141
O Abandonado	152
O Regresso	164
O Moinho	173
A História do Abandonado	185
O Telégrafo	197
Nova Exploração	207
Navio!	215

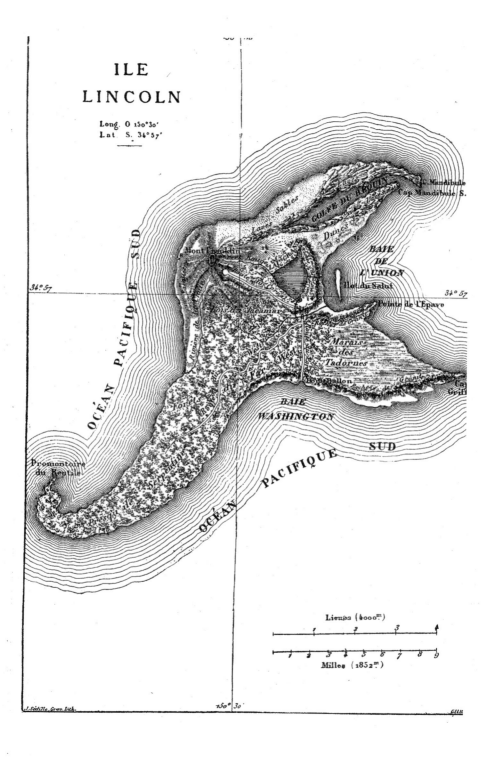

1

A TARTARUGA

Havia sete meses que os passageiros do balão tinham sido lançados às praias da ilha Lincoln, e em todo aquele tempo, por mais que buscassem, os colonos nunca encontraram um ser humano; nem um vestígio sequer de qualquer trabalho manual que manifestasse a passagem do homem ali, em época longínqua ou próxima. A ilha não só parecia ser desabitada, mas que nunca fora habitada. E no final das contas, todas estas deduções caíam por terra diante de um simples grão de chumbo, achado no cadáver de um inofensivo roedor. E com justo motivo, porque o chumbo saíra, certamente, de uma arma de fogo qualquer, que só poderia ter sido usada por um ser humano.

Logo que Pencroff pôs o grão de chumbo em cima da mesa, os companheiros olharam para o objeto espantados. É que lhes acudiam ao espírito todas as conseqüências daquele incidente verdadeiramente importantíssimo, apesar da sua aparente insignificância. Nem a súbita aparição de algum ente sobrenatural era capaz de produzir tão viva impressão no ânimo dos colonos.

Smith logo formulou as hipóteses que tão inesperado acontecimento lhes suscitava. Pegando o grão de chumbo, virou-o e revirou-o entre o polegar e o indicador, e em seguida perguntou a Pencroff:

— Pode afirmar, com certeza, que este leitão aqui não tinha mais de três meses?

— Não pode ter muito mais do que isto, senhor Cyrus. Quando o encontrei na cova, ainda estava mamando na teta da mãe — respondeu Pencroff.

— Sendo assim — disse o engenheiro — isso prova que, nos últimos três meses, se disparou uma espingarda na ilha Lincoln.

— E que um grão de chumbo feriu, ainda que não mortalmente, este pequeno animal — acrescentou Spilett.

— O que nos leva a concluir — continuou Cyrus — que: ou a ilha já era habitada antes de chegarmos aqui, ou alguém desembarcou há pouco tempo na ilha. Esse alguém, homem ou homens, vieram voluntária ou involuntariamente? Vieram em virtude de um naufrágio ou de um desembarque? Isto só saberemos mais tarde. Quanto ao que possam ser esses homens, europeus, malaios, inimigos ou amigos da nossa raça, isso é que não há meios de se adivinhar, e nem sabemos se eles ainda estão aqui ou já abandonaram a ilha. Todos estes pontos duvidosos, porém, nos interessam muito para que fiquemos na incerteza...

— Nem incerteza, nem meia incerteza! Isso não! Mil vezes não! — exclamou Pencroff, levantando-se da mesa. — Na ilha Lincoln não há outros homens além de nós! Diabos! A ilha não é tão grande assim, e se fosse habitada, já teríamos visto alguém!

— Concordo — disse Harbert. — O contrário é que seria de se admirar.

— Mais admirável ainda seria se o leitão já nascesse com um grão de chumbo no corpo! — notou o repórter.

— A não ser — disse Nab, muito sério, — que Pencroff tivesse...

— Ora essa! Como é que estaria com um grão de chumbo na boca, há mais de seis meses? — retorquiu Pencroff, abrindo a boca para mostrar os seus trinta e dois magníficos dentes. — Olhe bem, Nab, se encontrar um só dente furado, deixo que você arranque meia-dúzia deles!

10

— A hipótese de Nab é inadmissível — respondeu Cyrus, que apesar da gravidade dos pensamentos que então o dominavam, mal pôde disfarçar um sorriso. — É certo que nos últimos três meses, quando muito, se disparou na ilha um tiro de espingarda. Tudo me leva a crer que quem desembarcou nesta costa, ou está aqui há muito pouco tempo, ou apenas de passagem, porque se a ilha fosse habitada na época em que nós exploramos o monte Franklin, certamente teríamos visto os habitantes da ilha, ou teríamos sido vistos por eles. O mais provável é que alguns infelizes náufragos tenham sido lançados pela tempestade, em qualquer ponto desta costa. Mas seja o que for, precisamos averiguar.

— E devemos agir com toda a prudência — disse Spilett.

— Concordo — respondeu Smith, — mesmo porque, receio que quem desembarcou nesta ilha possam ser piratas malaios!

— Mas, senhor Cyrus — observou o marinheiro — não seria razoável, antes de tentarmos qualquer coisa, construir uma embarcação em que pudéssemos navegar rio acima, ou mesmo, em caso de necessidade, contornar a costa? Assim não seríamos pegos desprevenidos.

— Bem lembrado, Pencroff — respondeu o engenheiro, — mas o caso é que não temos tempo, e a construção do barco levaria, pelo menos, um mês.

— Sendo um barco somente para este propósito — disse Pencroff, — não há necessidade de se construir uma embarcação que agüente navegar em mar alto. Uma piroga, capaz de navegar no Mercy, isso eu prometo que posso construir em menos de cinco dias.

— Ora esta! Construir um barco em cinco dias? — espantou-se Nab.

— Sim, Nab, um barco à moda dos índios.

— De madeira? — perguntou o negro, com ar de dúvida.

— De madeira, sim — respondeu Pencroff, — ou melhor, de casca. Torno a repetir, senhor Cyrus, em menos de cinco dias estará tudo pronto!

11

— Vamos esperar cinco dias então — replicou o engenheiro.

— Mas até lá, vigiaremos atentamente! — alertou Harbert.

— Atentamente, amigos — concordou Smith. — E peço-lhes que limitem suas excursões de caça às vizinhanças do Palácio de Granito.

E assim terminou o jantar, com muito menos alegria do que Pencroff esperava.

A conclusão de tudo isto consistia em que a ilha ainda era, ou pelo menos fora, habitada por outras pessoas além dos colonos. O fato, depois do incidente do grão de chumbo, tornara-se incontestável, e uma revelação daquela natureza não podia deixar de suscitar vivas apreensões naquele pequeno grupo.

Smith e Spilett, antes de se deitarem, conversaram longamente sobre o assunto, e se perguntaram se este incidente não teria ligação com o inexplicável salvamento do engenheiro, bem como outras estranhas particularidades que mais de uma vez ambos notaram. Smith, no entanto, depois de discutir os prós e contras da questão, acabou por dizer:

— Quer saber minha opinião sincera, Spilett?

— Certamente.

— Pois bem: acho que, por mais que exploremos a ilha, nunca haveremos de encontrar algo que explique o fato!

No dia seguinte, Pencroff colocou mãos à obra. Não se tratava de construir um barco europeu, com cintas e costado, mas um simples aparelho flutuante de fundo chato, excelente para navegar no Mercy, especialmente na proximidade das nascentes do rio, onde a água devia ser pouco profunda. Para construir uma embarcação ligeira como o caso requeria, bastava coser uns aos outros uns bocados de cortiça, sistema este que, além da facilidade da construção, tinha a vantagem de resultar num barco de pouco peso e volume, o que facilitava a hipótese de ser levantado no braço, em virtude de qualquer obstáculo natural. Pencroff contava fechar as costuras das tiras de cortiça com pregaria rebitada e, tornando-as assim aderentes, conseguir que o barco ficasse perfeitamente estanque.

O caso era, pois, escolher árvores cuja cortiça, ao mesmo tempo flexíveis e resistentes, se prestasse a semelhante trabalho. Por uma notável coincidência, a última tempestade derrubara uma boa quantidade de árvores perfeitamente adequadas ao gênero de construção empreendida. Algumas destas árvores jaziam no chão, e o caso estava em lhes tirar a casca. Esta foi a parte mais difícil da obra, já que as ferramentas que nossos colonos possuíam eram precárias. No entanto, conseguiu-se o resultado desejado.

Enquanto o marinheiro, ajudado por Smith, se ocupava destes trabalhos, Spilett e Harbert também faziam sua parte. Os dois transformaram-se nos fornecedores da colônia. O repórter não se cansava de admirar o seu jovem companheiro, que era um verdadeiro mestre no manejo do arco e do chuço. Harbert também demonstrava grande coragem. Os dois companheiros de caça, obedecendo às recomendações de Cyrus Smith, nunca saíam de um raio de 3 km em volta do Palácio de Granito; mesmo assim, caça não faltava, e se o produto das armadilhas era pouco importante, desde o fim da estação fria, os coelhos continuavam a fornecer alimentação abundante para a colônia da ilha Lincoln.

Muitas vezes, durante as caçadas, Harbert conversava com Spilett sobre o incidente do grão de chumbo, e um dia — 26 de outubro, por sinal — dizia o rapazinho para o repórter:

— Mas o senhor não acha extraordinário que, se alguns náufragos chegaram até a ilha, ainda não tenham aparecido aqui para os lados do Palácio de Granito?

— Seria admirável se eles ainda estivessem aqui — respondeu Spilett.

— Então, o senhor acha que eles já saíram da ilha? — tornou Harbert.

13

— É o mais provável, porque se eles estivessem estado aqui muito tempo, e principalmente, se ainda estivessem aqui, algum incidente revelaria a presença deles.

— Mas, se eles partiram, não eram náufragos...

— Não, não seriam. Ou talvez, quando muito... Como os chamarei?... Seriam náufragos provisórios. É bem possível que tenham sido lançados à ilha por algum vendaval, que no entanto não foi forte o suficiente para estragar a embarcação.

.— Uma coisa devemos confessar — disse Harbert. — O senhor Smith sempre pareceu mais temer do que desejar a presença de qualquer ser humano nesta ilha.

— Exatamente — respondeu o repórter, — e a razão é que Smith julga que só alguns malaios freqüentam estes mares, e esses homens são bandidos, com os quais nada teremos a ganhar.

— Não será possível que, mais cedo ou mais tarde, venhamos a nos deparar por aí com algum vestígio do desembarque desta gente, e então fiquemos sabendo ao certo o que pensar a respeito?

— Pode ser, Harbert. Algum acampamento abandonado, algum sinal de fogueira apagada, tudo poderá servir de indício; na nossa próxima exploração, vamos procurar!

No dia seguinte a esta conversa, estavam os dois numa parte da floresta vizinha do Mercy, notável pela beleza das árvores que ali cresciam. Naquele lugar erguiam-se as magníficas e altíssimas coníferas que os naturais da Nova Zelândia chamam de "kauri".

— E se eu trepasse no alto de uma destas árvores, senhor Spilett, para observar o território? — sugeriu Harbert.

— Boa idéia, mas como irá trepar até o alto destas árvores gigantes? — perguntou o repórter.

— Vou tentar! — disse simplesmente Harbert.

E o rapaz, ágil como um esquilo, saltou logo para os primeiros galhos, cuja disposição tornava a escalada mais fácil.

Dentro de poucos minutos estava no cimo da árvore, que emergia da imensa planície de verdura formada pela ramagem arredondada da floresta.

Dali Harbert podia avistar toda a parte meridional da ilha, desde o cabo da Garra a sueste, até o promontório do Réptil, a sudoeste. A nordeste erguia-se o monte Franklin, que tapava uma boa parte do horizonte. O rapaz, porém, do alto de seu improvisado observatório, podia explorar exatamente a porção ainda desconhecida da ilha, que servira ou servia ainda, talvez, de refúgio aos estranhos de cuja presença os colonos suspeitavam.

Harbert olhou tudo atentamente, primeiro para o lado do mar, onde nada viu. Nem uma só vela se destacava no horizonte. Todavia, como algumas árvores ocultavam parte do litoral, ainda era possível que algum navio tivesse dado à costa tão perto da terra, e que por isso mesmo fosse invisível para Harbert.

No meio das matas de Faroeste também não via nada. A floresta formava ali como que uma cúpula impenetrável, de muitas milhas quadradas de base, sem uma só clareira. Não era possível enxergar todo o curso do Mercy, e reconhecer o lugar da montanha onde nascia o rio.

Mas, se Harbert não enxergava indícios de algum acampamento, não poderia ele surpreender alguma coluna de fumaça, que revelasse a presença do homem? Decerto, porque a atmosfera estava limpa e pura, e qualquer coisa se destacaria nitidamente no fundo celeste.

Por alguns instantes o rapaz julgou ver elevar-se na atmosfera, a oeste, uma ligeira fumaça, mas observando mais atentamente, se convenceu de que fora ilusão. Como tinha uma visão excelente, achou que não era nada que valesse a pena investigar.

Harbert desceu da árvore e ambos os caçadores voltaram para o Palácio de Granito, onde Cyrus, depois de escutar o relato do rapaz, balançou a cabeça e nada disse. Estava claro que não se podia ter uma opinião decisiva sobre o assunto antes de se explorar a ilha completamente.

Daí a dois dias, a 28 de outubro, deu-se outro incidente, cuja explicação também ficou um tanto obscura.

Nab e Harbert andavam vagueando pela praia, a cerca de 3 km do Palácio de Granito, quando tiveram a sorte de apanhar uma magnífica tartaruga, cuja couraça dorsal apresentava admiráveis reflexos verdes.

Harbert, que havia encantoado a tartaruga entre os rochedos, para que ela não fugisse para o mar, gritou:

— Nab, me ajude aqui!

O negro atendeu prontamente:

— Que lindo animal! Será que podemos pegá-lo?

— É muito fácil, Nab. É só virá-la de barriga para o ar, e ela não poderá fugir. Pegue o seu chuço e faça o que eu fizer!

O animal, percebendo o perigo, escondera a cabeça e as patas dentro de sua carapaça, e estava ali imóvel, como se fosse uma pedra.

Harbert e Nab então enfiaram os chuços por debaixo da carapaça da tartaruga, e depois de algum esforço, conseguiram virá-la de barriga para cima. A tartaruga tinha quase um metro de comprimento e devia pesar cerca de 180 quilos.

— Excelente! Isto irá alegrar Pencroff! — exclamou Nab.

E realmente Pencroff teria motivos para se alegrar, já que carne daquela espécie de tartarugas, que se alimentam de plantas submarinas, é saborosíssima.

— E agora, o que vamos fazer com esta caça? — disse Nab. — Sozinhos não conseguiremos levá-la até o Palácio de Granito, nem se a arrastarmos!

— Já que ela não pode se mexer, vamos deixá-la aí, enquanto buscamos a carroça — respondeu Harbert.

Antes de partir, o precavido Harbert ainda teve o cuidado, o qual Nab julgou supérfluo, de calçar o animal com grandes pedre-

Harbert e Nab, depois de algum esforço, viraram a tartaruga de cabeça para baixo.

gulhos. Harbert, que queria fazer uma surpresa para Pencroff, nada disse acerca da magnífica tartaruga que deixara virada de pernas para o ar na areia; mas dali a duas horas ele e Nab já estavam de volta ao lugar onde tinham deixado o animal. Contudo, a tartaruga desaparecera, sem deixar rasto!

A princípio Harbert e Nab entreolharam-se espantados, depois lançaram olhares pasmos em torno de si. Aquele era, certamente, o local onde a tartaruga ficara. E para acabar com qualquer dúvida, Harbert até encontrou as pedras com que segurara o animal.

— Ora esta! — disse Nab. — Então esses bichos conseguem se virar?

— Parece que sim — respondeu Harbert, não conseguindo explicar o caso, com os olhos pregados nas pedras da praia.

— Quem não vai ficar nada contente é o Pencroff!

— E eu acho que quem se verá embaraçado para explicar este desaparecimento é o senhor Smith — pensou consigo mesmo Harbert.

— Tudo pode se arranjar — insinuou Nab, que pretendia esconder o infeliz incidente, — é só não falarmos nisto.

— Isso não, Nab. O melhor é contarmos tudo — respondeu Harbert.

E, atrelados novamente à carroça, que tinham trazido inutilmente, regressaram para o Palácio de Granito. Assim que chegaram, Harbert foi até o estaleiro, onde Cyrus e Pencroff estavam trabalhando, e lá contou tudo.

— Que desastrados! — exclamou o marinheiro. — Deixaram escapar mais de cinqüenta sopas!

— Pencroff — replicou Nab, — se o animal fugiu, não foi culpa nossa. Ele estava de pernas para o ar!

— Vai ver que vocês não o viraram bem! — retorquiu o marinheiro.

— Essa agora! — exclamou Harbert, contando que ainda tivera o cuidado de calçar a tartaruga com pedras.

— Então, aconteceu um milagre! — espantou-se Pencroff.

— Eu sempre achei, senhor Cyrus — disse Harbert, — que as tartarugas, quando estão de barriga para o ar, não conseguem ficar de pé sem auxílio, ainda mais sendo grande, como era aquela!

— E é verdade, meu filho — respondeu Cyrus.

— Então, o que pode ter acontecido?

— A que distância do mar deixaram a tartaruga? — perguntou o engenheiro, que interrompera o trabalho e refletia no incidente.

— Ela estava a uns 4 metros do mar, quando muito — respondeu Harbert.

— A maré estava baixa?

— Estava, sim senhor.

— O mais provável, então, é que ela conseguiu desvirar-se quando foi apanhada pela maré, safando-se sossegadamente para o mar alto — concluiu o engenheiro.

— Fomos desastrados então! — exclamou Nab.

— Ora, eu já tinha tido a honra de lhes dizer isso! — acudiu Pencroff.

Smith dera a única explicação possível para o caso, mas estaria realmente convencido de que fora isto o que acontecera? Quem ousaria afirmar?

2

DOIS BARRIS E UM CAIXOTE

No dia 29 de outubro estava pronto o bote de cortiça. Pencroff cumprira o que prometera, e em cinco dias construíra uma espécie de piroga com o casco arrematado por meio de varas flexíveis de crejimba. Haviam três bancos, uma amurada para segurar as forquilhas dos remos, e um remo de pá larga para governar o barco. Apesar de ter quase 4 metros de comprimento, o barco não chegava a pesar 90 quilos. Lançar o barco ao mar foi operação simples, que consistiu em arrastar a piroga pela areia até um ponto à beira da água, defronte ao Palácio de Granito, e esperar que a maré ali chegasse e o colocasse para boiar. Quando isto aconteceu, Pencroff saltou dentro do barco, e começando a manobrar o remo, verificou que a embarcação era ótima para o uso que dela pretendiam fazer.

— Hurra! — exclamou o marinheiro, celebrando seu próprio triunfo. — Num barquinho destes, pode-se dar a volta...

— Ao mundo? — brincou Gedeon Spilett.

— Não, na ilha! Com meia dúzia de pedregulhos em lastro, um mastro na proa e uma vela, que o senhor Smith irá fabricar qualquer dia destes, vai-se longe! E então, vocês não querem vir experimentar nosso barco! Diabo! Preciso ver se ele agüenta nós cinco!

Esta era mesmo uma experiência necessária. Pencroff, remando, trouxe a embarcação até a beira da praia, por uma estreita passagem que havia entre as rochas, e combinou-se logo de fazer naquele mesmo dia a viagem de experiência da piroga, seguindo sempre junto da praia até a primeira ponta onde terminavam os rochedos do sul.

Quando ia embarcar, Nab exclamou:

— O barco está fazendo água!

— Não é nada disso, Nab. É que a madeira ainda não se embebeu! Daqui a dois dias não se verá nem uma gota de água. Podem embarcar!

Todos embarcaram e Pencroff colocou o barco em movimento. O tempo estava magnífico, o mar tranqüilo; a piroga podia navegá-lo com tanta segurança como se estivesse subindo o pacífico Mercy.

Nab e Harbert encarregaram-se dos remos, enquanto que Pencroff comandava a ré com a pá.

O marinheiro começou por atravessar o canal até passar raso com a ponta sul do ilhéu. Soprava então uma ligeira brisa do sul, e não havia ondas nem no canal nem no mar. Os navegantes se afastaram cerca de um quilômetro da costa, para poderem ver o monte Franklin em toda a sua extensão.

Em seguida, Pencroff virou de bordo e tornou a navegar para a foz do rio, seguindo dali ao longo da praia, que se encurvando até a ponta extrema, ocultava aos tripulantes todo o Pântano dos Patos.

A tal ponta extrema, cuja distância era maior ainda para quem seguia pela curvatura da costa, estava a menos de cinco quilômetros do Mercy. Os colonos resolveram navegar até lá, para fazerem uma idéia da costa até ao cabo da Garra.

O bote seguia ao longo do litoral, fugindo dos escolhos semeados pela costa, e que a enchente começava então a encobrir. A muralha ia diminuindo de altura desde a foz do rio até a ponta. Era como um acúmulo de penhascos graníticos, caprichosamente distribuídos, e muito diferentes dos que formavam o platô da Vista Grande, e de aspecto bem mais selvagem. Parecia que alguém ali havia descarre-

21

gado um enorme carregamento de rochas. A aguda saliência que se prolongava por 3 quilômetros além da floresta não tinha vegetação, apresentando uma forma parecida com o braço de um gigante saindo de uma manga verde.

O barco ia navegando suavemente. Gedeon Spilett desenhava a costa com traços largos. Nab, Pencroff e Harbert iam conversando, enquanto examinavam aquela parte dos seus domínios, para eles ainda inteiramente desconhecida. À medida que navegavam para o sul, os cabos da Mandíbula pareciam deslocar-se e a baía da União parecia estreitar-se.

Cyrus Smith não dizia nada enquanto examinava tudo, atentamente. Quem visse a expressão de desconfiança em seu semblante, teria certeza de que ele estava observando alguma região estranha e singular.

Depois de três quartos de hora navegando, chegaram ao extremo da ponta, e Pencroff já se dispunha a dobrá-la, quando Harbert, ficando em pé, apontou para um ponto negro que se destacava na praia:

— O que será aquilo na praia?

Todos os olhares se dirigiram para o ponto indicado.

— Parece algum objeto lançado pelo mar, e meio enterrado na areia — disse o repórter.

— Ah, já vejo o que é! — exclamou Pencroff.

— O que é? — perguntou Nab.

— São barricas! E talvez estejam cheias! — respondeu o marinheiro.

— Vamos desembarcar, Pencroff! — disse logo Smith.

Pouco depois a piroga abicava no fundo de uma pequena enseada, e todos saltavam na praia.

Pencroff não se enganara. Ali estavam duas barricas, meio enterradas na areia, mas ainda bem atadas a um grande caixote que, agüentado por elas, boiara até o momento de chegar à praia.

22

— Será que houve algum naufrágio perto da ilha? — perguntou Harbert.

— É claro — respondeu Spilett.

— Mas, o que terá neste caixote? — exclamou Pencroff, com sua natural impaciência. — Ele está fechado... Vamos ter que abri-lo a pedradas.

O marinheiro, com uma grande pedra nas mãos, já se preparava para atacar um dos lados do caixote, quando o engenheiro o deteve:

— Pode moderar sua impaciência por um momento, Pencroff?

— Mas, senhor Cyrus, aí dentro pode estar tudo o que precisamos!

— No momento certo saberemos — respondeu o engenheiro. — Não quebrem o caixote, ele pode nos ser útil, acreditem no que lhes digo. O melhor é transportá-lo até o Palácio de Granito, onde poderemos abri-lo com mais facilidade e sem o escangalhar. Se o caixote veio boiando até aqui, irá também até a foz do rio.

— O senhor tem razão, senhor Cyrus, eu é que ia fazendo besteira — respondeu o marinheiro. — É que às vezes a gente não é senhor de si!

O conselho do engenheiro era sensato. Certamente a piroga não poderia levar os objetos contidos no caixote, que devia ser pesado, visto que fora necessário amarrá-lo a duas barricas vazias para que agüentasse boiando. O melhor seria levá-lo a reboque, tal como estava, até a praia mais próxima do Palácio de Granito.

Tudo isto, porém, pouco importava: o que realmente convinha saber era de onde viria aquele caixote. Os colonos revistaram atentamente a praia, percorrendo-a em todos os sentidos, mas nada encontraram. Observaram também o mar. Harbert e Nab até subiram num rochedo elevado; o horizonte, porém, apareceu-lhes deserto. Nada viram, nem um navio naufragado, nada...

Entretanto, que havia acontecido um naufrágio era certo, não havia dúvidas. Quem sabe se aquele incidente não teria ligação com o grão de chumbo? Quem sabe se estranhos não teriam desembarcado noutro ponto da ilha? Será que ainda estariam ali? Um outro pensamento ocorreu aos colonos: os tais estranhos, quem quer que fossem, não podiam ser piratas malaios, porque os objetos encontrados eram, evidentemente, de origem americana ou européia.

Depois da busca, os colonos voltaram para junto do caixote, que devia ter cerca de um metro e meio de altura, por um de largura; era de carvalho, perfeitamente fechado, forrado com um couro forte e pregos de cobre. As duas grandes barricas, hermeticamente tapadas, apesar de vazias, estavam amarradas ao caixote por meio de cordas grossas, cujos nós Pencroff conheceu logo como "nós de marinheiro". Tudo parecia estar em perfeito estado de conservação, o que se explicava pela circunstância de terem dado à costa numa praia de areia e não nos recifes. Um exame detido permitia afirmar que aqueles objetos não só não tinham ficado muito tempo na água, mas que sua chegada à praia era bastante recente. Não havia o menor indício de água dentro do caixote, o que indicava que os objetos ali contidos deviam estar perfeitamente intactos.

Parecia evidente que aquele caixote tinha sido lançado ao mar, de algum navio que navegava sem governo direto à ilha, e cujos passageiros, na esperança de conseguirem chegar à costa, onde mais tarde o encontrariam, tinham tomado a precaução de o amarrar a algo que flutuasse.

— Vamos rebocar o caixote até o Palácio de Granito — disse o engenheiro. — Lá faremos o inventário do que ele contém. Depois, descobriremos se há algum sobrevivente do pretenso naufrágio na ilha, e então entregaremos o que lhe pertencer. Se não encontrarmos ninguém...

— Fica tudo para nós! — exclamou Pencroff. — Mas, por Deus, o que poderá haver ali dentro?

O sol já começava a lamber o caixote. Soltando-se uma das cordas que amarravam as barricas, prendeu-se o caixote ao barco. Depois, Pencroff e Nab fizeram uma cova na areia, usando os remos, para facilitar o deslocamento da caixa, e dali a pouco a embarcação, com o caixote a reboque, começou a dobrar a ponta, que ficou com o nome de ponta dos Salvados. O reboque era tão pesado, que mal bastavam os barris para agüentar a caixa à tona da água. Assim, o bom marinheiro teve que cuidar bem para que o caixote não se desprendesse e afundasse. Felizmente, tudo correu bem, e meia hora depois chegaram à praia fronteiriça com o Palácio de Granito.

Nab correu para apanhar as ferramentas que pudessem arrombar a caixa sem fazer muito estrago. Pencroff não ocultava a grande comoção que o dominava.

O marinheiro começou por desprender as duas barricas, que poderiam ser aproveitadas, já que estavam em excelente estado. Depois, arrombou as fechaduras com uma pinça, e a tampa logo caiu.

O caixote era todo forrado de zinco, evidentemente para que o conteúdo ficasse a salvo de toda e qualquer umidade.

— Ah! — exclamou Nab. — São conservas o que está aí dentro?

— Acho que não — respondeu o repórter.

— Se pelo menos aí viesse... — disse o marinheiro a meia-voz.

— Viesse o que? — perguntou Nab.

— Ora, coisa nenhuma!

Rasgada a chapa de zinco em todo o seu comprimento, e dobrada para os lados do caixote, pouco a pouco foram saindo de dentro do caixote objetos bem diversos. Cada um que aparecia era motivo para gritos alegres de Pencroff, enquanto que Harbert batia palmas e Nab dançava. Havia ali livros de enlouquecer Harbert de alegria, e utensílios de cozinha que Nab seria capaz de cobrir de beijos!

No final das contas, os colonos tiveram toda a razão em ficarem satisfeitos, porque a caixinha continha ferramentas, utensílios, armas, instrumentos, vestuário e livros, cujo rol exato, tal como foi transcrito no bloco de Gedeon Spilett, é o seguinte:

Ferramentas: *3 Navalhas com mais de uma folha.*
2 Machados de rachar lenha.
2 Machados de carpinteiro.
3 Plainas.
2 Enxós.
1 Enxó de dois gumes.
6 Tenazes temperadas a frio.
2 Limas.
3 Martelos.
3 Verrumas.
2 Brocas.
10 Sacos de pregos e parafusos.
3 Serras de diferentes tamanhos.
2 Caixas de agulhas.
Armas: 2 Espingardas de pederneira.
2 Espingardas de bala.
2 Carabinas de fogo central.
5 Cutelos.
4 Sabres de abordagem.
*2 Barris de pólvora, cada um dos
quais devia pesar cerca de 12 quilos.*
12 Caixas de balas.

Instrumentos: *1 Sextante.*
1 Binóculo.
1 Óculo de mar.
1 Caixa de compasso.
1 Bússola de algibeira.
1 Barômetro aneróide.
*1 Caixa com um aparelho fotográfico completo,
objetiva, chapas, produtos químicos, etc.*

Haviam livros de enlouquecer Harbert de alegria, e utensílios de cozinha que Nab seria capaz de cobrir de beijos.

Vestuário:	*2 Dúzias de camisas de uma fazenda semelhante à lã, mas de origem evidentemente vegetal.*
	3 Dúzias de meias do mesmo fio.
Utensílios:	*1 Esquentador de ferro.*
	6 Caçarolas de cobre estanhado.
	3 Pratos de ferro.
	10 Talheres de alumínio.
	2 Chaleiras.
	1 Fogão portátil.
	6 Facas de cozinha.
Livros:	*1 Exemplar da Bíblia com o Velho e Novo Testamento.*
	1 Atlas.
	1 Dicionário dos diferentes idiomas polinésios.
	1 Dicionário de ciências naturais, em seis volumes.
	3 Resmas de papel de escrever.
	2 Livros de registro com as folhas em branco.

— Temos que reconhecer — disse o repórter, assim que terminou o inventário, — que o dono desta caixa era um homem prático! Ferramentas, armas, instrumentos, roupa, utensílios, livros, aqui não falta nada! Quem quer que fosse, parece que já previra um naufrágio, e estava prevenido para isto!

— Não falta nada, realmente — murmurou Smith, pensativamente.

— Certamente o dono deste caixote não era um pirata malaio — acrescentou Harbert.

— Ou talvez ele fosse prisioneiro dos piratas... — acudiu Pencroff.

— Não é possível — respondeu o repórter. — O mais provável é que algum navio americano ou europeu fosse arrastado até estas paragens, e que alguns passageiros, querendo ao menos salvar o necessário, tenha preparado este caixote e o lançado ao mar.

— O senhor também pensa assim, senhor Cyrus? — perguntou Harbert.

— Sim, filho, sim — respondeu o engenheiro, — é possível que isso tenha acontecido; que no momento do naufrágio, alguém tivesse colocado neste caixote diversos objetos de primeira necessidade, para os encontrar depois em qualquer ponto da costa.

— Mesmo a caixa fotográfica? — insinuou o marinheiro, com ar incrédulo.

— Bom, este aparelho eu também não entendo muito bem a utilidade. — respondeu Cyrus Smith, — Mas as roupas e a abundante munição nos servirá bastante.

— Deve haver nestas ferramentas, nestes instrumentos, ou nos livros, algum sinal, algum indício da proveniência deles! — disse Spilett.

E então, todos os objetos foram detidamente examinados, um por um, principalmente livros, instrumentos e armas. Mas, ao contrário do usual, nem as armas nem os instrumentos tinham a marca da fábrica, estando tudo, aliás, em ótimo estado, parecendo mesmo nunca terem sido utilizados. Isto provava que a pessoa que colocara estes objetos no caixote, não o fizera por acaso, e a escolha fora meticulosamente estudada. Esta conclusão era previsível, já que o caixote estava todo revestido para impedir a umidade, e que ele não poderia ser soldado depressa.

Os dicionários de ciências naturais e dos idiomas polinésios eram em inglês, mas não tinham nome do editor nem data de publicação.

O mesmo sucedia com a Bíblia, impressa também em língua inglesa, uma edição de notável perfeição tipográfica, e que parecia ter sido folheada a miúdo.

O Atlas também era uma obra magnífica, que compreendia mapas do mundo inteiro, com nomenclatura e dísticos em francês; mas a respeito do nome do editor ou data de publicação, nada.

Nenhum dos objetos trazia o menor indício de sua proveniência, e não ajudavam a identificar a nacionalidade do navio que recentemente devia ter passado por aquelas paragens. De onde quer que o caixote viesse, porém, o caso era que transformava os colonos da ilha Lincoln em pessoas ricas. Até então eles tinham, transformando os produtos da natureza, criado tudo por si próprios, e graças à inteligência, tinham sempre saído de apuros. Mas, não seria uma verdadeira recompensa da Providência aqueles diferentes produtos da indústria humana, que ela parecia enviar-lhes então? Enfim, todos deram graças aos céus.

Um dos colonos, todavia, não estava totalmente satisfeito. Era Pencroff. É que o caixote não trazia o que ele mais desejava, e à medida que os objetos iam sendo retirados, as manifestações de regozijo do bom marinheiro diminuíam de intensidade, até que, estando o caixote vazio, escutaram-no dizendo:

— Sim senhor, tudo muito bom e bonito, mas aposto que para mim não veio nada no tal caixote!

— Ora, mas o que estava esperando? — espantou-se Nab.

— Pelo menos meio quilo de tabaco! — respondeu Pencroff, muito sério. — Só assim minha felicidade seria completa!

Ninguém conseguiu conter o riso escutando o marinheiro.

A descoberta do caixote reforçou a convicção da necessidade de se explorar a ilha imediatamente. Combinou-se, então, que no dia seguinte, ao romper da manhã, todos se poriam a caminho da costa ocidental; porque se alguns náufragos tivessem sido lançados a qualquer ponto daquela costa, era de recear que estivessem sem recursos, e precisando de socorro imediato.

Todo o conteúdo do caixote foi transportado para o Palácio de Granito, e metodicamente arrumado no salão. E como todos estes acontecimentos se passassem num domingo, 29 de outubro, Harbert, antes de se deitar, lembrou-se de pedir ao engenheiro que lhes fizesse o favor de ler alguma passagem do Evangelho.

— De muito boa vontade — prontificou-se Cyrus Smith.

E ele já estava com a Bíblia na mão, quando Pencroff o fez parar:

— Eu, senhor Cyrus, confesso que sou supersticioso. Ora, faça o favor de abrir ao acaso e ler o primeiro versículo que lhe vier aos olhos. Veremos se é ou não aplicável à nossa situação.

Cyrus Smith sorriu ante o pedido do marinheiro, e satisfazendo-lhe a vontade, abriu o Evangelho exatamente no lugar onde havia um marcador, separando as páginas.

Logo lhe chamou a atenção uma cruz feita a lápis vermelho, à margem do versículo 8 do capítulo VII do Evangelho de S. Mateus. E então leu o versículo:

Aquele que pedir, receberá; e aquele que procurar, achará.

3
EXPLORANDO A ILHA

No dia seguinte, 30 de outubro, estava tudo pronto para a excursão planejada, e que os últimos acontecimentos tornava ainda mais urgente. Os colonos da ilha Lincoln supunham, com certa razão, que o mais provável era que iriam prestar socorro, e não recebê-lo.

Decidiram então navegar o Mercy até o ponto em que o rio deixasse de ser navegável, porque desta forma andava-se parte do caminho sem grande cansaço, além de poderem transportar armas e provisões até algum ponto mais avançado na direção oeste da ilha.

Esta resolução também foi tomada com o intuito de, caso houvesse necessidade, se transportar outros objetos para o Palácio de Granito. Como parecia ter ocorrido um naufrágio, outros objetos poderiam ser encontrados. O mais conveniente seria levar a carroça, ao invés da frágil piroga; mas a carroça, além de pesada e grosseira, só podia ser conduzida pela força dos braços dos colonos, o que a tornava de difícil emprego. Isto fez o bom Pencroff dizer que, além de seu "desejado meio quilo de tabaco", uma boa parelha de cavalos seria também útil à colônia!

Nab colocou a bordo as provisões: conservas de carne, e alguns poucos galões de cerveja, o que deveria prover um sustento razoável para três dias, tempo máximo que Cyrus calculava para a exploração. Além disso, eles poderiam refazer as provisões no caminho, e Nab embarcou o fogareiro.

Das ferramentas, os colonos só levaram os dois machados de rachar lenha, que poderiam ser úteis para abrir caminho na espessa floresta; dos instrumentos, o binóculo e a bússola de bolso.

Quanto às armas, escolheram as duas espingardas de pederneira, mais úteis ali do que as de percussão, porque as primeiras só gastavam pedaços de sílex fáceis de substituir, e as outras exigiam o emprego de balas, cuja pequena provisão em breve se esgotaria. No entanto, levaram uma das clavinas e seus cartuchos. Não houve outro remédio senão levar um pouco da pólvora contida nas barricas, mas o engenheiro contava poder fabricar uma substância explosiva que permitisse poupá-la. E juntando a estas armas de fogo as cinco facas de mato, com boas bainhas de couro, os colonos ficaram em condições de se arriscarem por entre aquela vasta floresta.

Pencroff, Harbert e Nab, assim armados, estavam no auge da satisfação, mesmo tendo prometido a Cyrus que não disparariam um só tiro sem necessidade.

Às seis horas da manhã lançaram a piroga ao mar, e todos, incluindo Top, rumaram para a foz do Mercy.

Havia apenas meia hora que a maré enchia, o que propiciava algumas horas de navegação, antes que a força da vazante tornasse difícil navegar rio acima. A maré já tinha bastante força, porque dali a três dias era lua cheia. Bastou manter a piroga na correnteza para que esta navegasse rapidamente, sem necessidade de se usar os remos.

Dentro de poucos minutos os exploradores chegaram ao cotovelo do rio, exatamente onde, há sete meses atrás, Pencroff tinha arranjado sua primeira carga de lenha.

Depois deste ângulo, bastante agudo, o rio encurvava obliquamente para sudoeste, cercado por uma profusão de coníferas.

O aspecto das margens do Mercy era na verdade magnífico. Cyrus Smith e seus companheiros não puderam deixar de admirar toda aquela beleza natural. À medida que os colonos iam avançando, notavam grande modificação na floresta. Na margem direito do rio havia magníficos exemplares de olmos selvagens, tão procurados pelos construtores, já que essa madeira pode se conservar por muito tempo dentro da água. Mas adiante viram numerosos grupos de árvores da família dos lódãos, de cujo fruto se tira um óleo muito útil. Mais além notou Harbert algumas lardizabaleas, cujos ramos flexíveis, sendo macerados em água, dão excelente cordame, bem como dois ou três pés de ebenáceos, que apresentavam uma bela cor negra, riscada por veios caprichosos.

De tempos em tempos, num ou noutro lugar de fácil de desembarque, paravam o barco, e Spilett, Harbert e Pencroff, de armas em punho, e levando Top na frente, batiam o rio. Além da caça, era bem possível que encontrassem alguma planta útil, o que de fato aconteceu. Harbert encontrou ali agriões, rábanos, rabanetes e até uns caules ramosos, ligeiramente felpudos, de um metro de altura, quando muito, com umas sementes castanhas.

— Sabe qual planta é esta? — perguntou Harbert ao marinheiro.

— Talvez tabaco! — exclamou Pencroff, que só conhecia sua planta predileta dentro do cachimbo.

— Não, Pencroff — riu-se Harbert. — É mostarda!

— Pois seja, mostarda! — respondeu o marinheiro. — Mas veja bem, meu rapaz, se vir por aí algum pé daquela santa erva, não o despreze!

— Qualquer dia vamos encontrar! — disse Spilett.

— Pois quando isso acontecer, não sei o que mais nos faltará nesta ilha! — exclamou Pencroff.

E então trataram de colher as plantas que encontraram, pela raiz, levando-as para a piroga, de onde Cyrus Smith, sempre absorto em suas reflexões, nunca saía.

O repórter, Harbert e Pencroff desembarcaram várias vezes, ora na margem direita do Mercy, ora na margem esquerda. Esta era mais escarpada, e a outra, porém, mais arborizada. O engenheiro, consultando a bússola, pôde precisar que o rio, a partir do primeiro cotovelo que fazia, corria sensivelmente em linha reta de sudoeste para nordeste pelo espaço de umas três milhas. Era, porém, de supor que mais além esta direção se modificasse novamente, e que o Mercy corresse novamente para noroeste, direito aos contrafortes do monte Franklin, de cujas águas se alimentava.

Num destes desembarques, Spilett conseguiu capturar vivos dois casais de galináceos de bico longo e delgado, pescoço comprido, asa curta e sem cauda. Harbert reconheceu estas aves, acertadamente, como "tinamus" e decidiu-se que elas seriam os primeiros habitantes da futura granja.

As espingardas, porém só foram utilizadas diante da aparição de uma linda ave, muito parecida com o guarda-rios.

— Eu te conheço! — exclamou Pencroff, disparando irrefletidamente.

— Mas quem é que você conhece? — perguntou o repórter ao marinheiro.

— O tal pássaro que nos escapou na nossa primeira excursão, e a cujo nome demos a esta parte da floresta!

— Um jacamar! — exclamou Harbert.

Era realmente um jacamar, linda ave, cujas penas ásperas têm um brilho metálico. O pássaro, abatido pelo tiro, foi trazido até o barco por Top, que também trouxe uma dúzia de turacos, espécie de trepadores do tamanho de pombos, todos pintados de verde. Apesar dos turacos terem uma carne mais saborosa e macia do que a do jacamar, não foi fácil convencer Pencroff de que ele não tinha abatido a rainha das aves comestíveis.

Por volta das dez da manhã, a piroga chegou à segunda volta do Mercy, distante cerca de oito quilômetros da foz do rio. Ali pararam para almoçar.

O rio tinha ali uns vinte metros de largura, e o seu leito dois ou três metros de profundidade. O engenheiro ainda observou que as águas do Mercy eram avolumadas por um

35

grande número de afluentes, insignificantes riachos que não podiam ser navegados.

A floresta, não só o bosque do Jacamar, mas também a floresta de Faroeste, estendia-se a perder de vista. Mas não havia o menor sinal de presença humana. Os colonos não encontraram um só vestígio suspeito. Nunca um machado havia sido usado naquelas árvores; nunca a navalha de um explorador cortara aquelas trepadeiras estendidas de um tronco a outro, entre os matos cerrados e a erva alta. Se houvesse mesmo náufragos na ilha, decerto ainda estavam no litoral; e não era sob aquele exuberante copado que eles deviam procurar sobreviventes deste possível naufrágio.

O engenheiro, a quem ocorriam todas estas reflexões, tinha certa pressa de chegar à costa ocidental da ilha, distante dali, pelo que ele calculava, pelo menos uns oito quilômetros. Os colonos continuaram então navegando, e apesar da direção atual do Mercy parecer correr direto ao monte Franklin, ao invés do litoral, decidiram continuar usando a piroga enquanto a navegação fosse possível. Em todo caso, estavam ganhando tempo, já que para andarem a pé, teriam que abrir caminho a machado por entre aquela espessa floresta.

Dali a pouco, porém, ou porque a maré começasse a vazar, ou porque a influência dela não se fizesse sentir a tanta distância da foz do Mercy, os colonos tiveram que recorrer aos remos. Harbert e Nab ocuparam-se novamente dos remos, e Pencroff comandava o leme, e assim o barco continuou navegando rio acima.

Naquele ponto, parecia aos exploradores que a floresta começava a rarear para os lados da floresta de Faroeste. O arvoredo era menos basto, e viam-se até algumas árvores isoladas. Cada árvore, porém, talvez por dispor de maior espaço, tirava maior proveito do ar livre e puro que a circulava. Eram árvores magníficas! Se qualquer botânico as visse, diria logo, sem hesitar, qual o paralelo que cortava a ilha Lincoln!

— São eucaliptos! — exclamara Harbert.

Eram efetivamente estes soberbos vegetais, últimos gigantes da zona extratropical; os congêneres dos eucaliptos da Austrália e da Nova Zelândia, terras situadas na mesma latitude que a ilha Lincoln. Haviam ali árvores com mais de sessenta metros de altura. Os troncos de algumas tinham cerca de seis metros de circunferência, e a casca, sulcada por uma rede de resina odorífera, chegava a ter cinco polegadas de grossura. Nada mais maravilhoso e singular do que aqueles enormes exemplares da família das mirtáceas, cujas folhas, batidas de perfil pela luz, deixam chegar até ao chão a quase totalidade dos raios solares!

Em torno dos eucaliptos o chão estava atapetado de erva fresca, onde estavam bandos de passarinhos, que resplandeciam nos feixes de luz.

— Isto é que são árvores! — exclamou Nab. — Servem para alguma coisa?

— Duvido! — respondeu Pencroff. — Provavelmente estas árvores-gigantes são como os homens gigantes, só servem para se exibir nas feiras!

— Acho que não é assim — respondeu Spilett. — Creio que esta madeira está sendo usada para se fabricar armários.

— E vou dizer mais — completou Harbert. — Estes eucaliptos pertencem a uma família que compreende muitos membros úteis: a goiabeira, que dá goiabas; o goiveiro da Índia, que dá o cravinho de tempero; a romeira, que dá romãs; a "eugênia cauliflora", de cujos frutos se faz um vinho tolerável; a murta "unhi", de onde se extrai uma excelente bebida alcoólica; a murta "caryofillus", cuja casca dá uma espécie de canela muito apreciada; a "eugênia pimenta", de onde se tira a pimenta da Jamaica; a murta vulgar, cujos frutos podem substituir a pimenta; o "eucaliptos robusto", que produz uma espécie de maná ótimo; o "eucalyptus Gunei", cuja seiva se transforma pela fermentação em cerveja; enfim, todas essas árvores conhecidas pelo nome de "árvores-da-vida" ou "pau-ferro", que pertencem à família das mirtáceas, que tem quarenta e seis gêneros e mil e trezentas espécies!

Ninguém queria interromper o rapaz, que dava uma lição de botânica com empolgação. Cyrus Smith o escutava sorrindo, e Pencroff sentia um orgulho difícil de descrever.

— Muito bem, Harbert — respondeu Pencroff. — Mas eu posso jurar que nenhum destes exemplares que você acabou de descrever são gigantes como estes aqui!

— Isso é verdade, Pencroff.

— Então, o que você disse não me ajuda em nada — replicou o marinheiro, — e fico com a minha opinião: estes gigantes não prestam para nada!

— Pois está enganado, Pencroff — disse o engenheiro, — estes eucaliptos gigantes têm sua utilidade.

— Qual?

— Tornar saudável os países onde vegetam. Sabem como estas árvores são chamadas na Austrália e na Nova Zelândia?

— Não, senhor Cyrus.

— "Árvores-da-febre".

— Porque, elas causam febre?

— Não, impedem que se apanhe!

— Bom, vou tomar nota deste fato — disse o repórter.

— Pois então anote, meu caro Spilett, porque, segundo parece estar provado, a presença dos eucaliptos serve para neutralizar a malária. Em algumas regiões da Europa e do norte da América, cujo território era absolutamente insalubre, já foi testado este preservativo natural, e o estado sanitário dos habitantes melhorou gradualmente com a experiência. Nas regiões que se vão povoando destes mirtáceos desapareceram as febres intermitentes; é fato indubitável e circunstância feliz para nós, colonos da ilha Lincoln.

— Que ilha! Que abençoada ilha! — exclamou Pencroff.

— Aqui nada nos falta... a não ser...

38

Os animais pararam a pouca distância do barco e olharam os colonos sem sinal de medo.

— Também há de vir o que te falta, Pencroff, também há de se encontrar — respondeu o engenheiro. — Mas agora, continuemos navegando, vamos até onde o rio puder levar o barco!

A exploração continuou, pelo espaço de três quilômetros, mais ou menos, através de uma região povoada de eucaliptos, que dominavam todo o arvoredo daquela parte da ilha. O espaço coberto por estas árvores estendia-se além dos limites da visão para ambos os lados do Mercy, cujo leito sinuoso estava cavado entre ribanceiras altas e verdejantes. O leito do rio estava obstruído em muitos pontos por ervas altas e até rochas agudas, que tornavam a navegação trabalhosa, impedindo ou dificultando a ação dos remos. Percebia-se também que a água tornava-se mais e mais rasa, e que chegava o momento de se abandonar a navegação. O sol já ia se pondo no horizonte. Smith, ao ver que não seria possível chegar naquele dia à costa ocidental da ilha, resolveu acampar no local em que a navegação tivesse que ser interrompida em definitivo. Ele calculava ainda estar a cerca de 6 ou 7 quilômetros da costa, distância bem grande para que os colonos a transpusessem de noite, por entre bosques desconhecidos.

Os colonos continuaram então a navegação, e notaram que a floresta tornava-se novamente basta e mais habitada. Dentro em pouco avistaram alguns macacos, que corriam em bandos. Por duas ou três vezes, aqueles animais pararam a pouca distância do barco, e olharam para os colonos sem o menor sinal de medo, com se, vendo pela primeira vez homens, ainda não tivessem aprendido a receá-los. Não seria difícil abater alguns daqueles macacos, mas Cyrus Smith opôs-se a esta inútil matança. Além disso, este era um ato prudente, porque os macacos, robustos e ágeis, podiam tornar-se temíveis, e era melhor não provocá-los com agressões inoportunas.

Apesar de estar tentado, ainda mais porque o macaco constitui caça excelente, Pencroff teve que concordar com o engenheiro, ainda mais que os mantimentos eram abundantes, sendo inútil gastar sem proveito as munições.

Por volta das quatro horas, a navegação do Mercy começou a ficar dificílima, porque o curso do rio estava obstruído por plantas aquáticas e rochedos. As ribanceiras estavam cada vez mais altas, e o leito da corrente já cortava os primeiros contrafortes do monte Franklin. As nascentes do Mercy, que se alimentavam de todas as águas das vertentes meridionais da montanha, já não podiam estar longe.

— Daqui a pouco teremos que parar, senhor Cyrus — disse o marinheiro.

— Muito bem. Organizaremos então um acampamento para passarmos a noite.

— A que distância estamos do Palácio de Granito? — perguntou Harbert.

— Uns nove quilômetros, mais ou menos — respondeu o engenheiro.

— Continuaremos em frente? — perguntou o repórter.

— Sim, enquanto for possível — respondeu Smith. — Amanhã, ao nascer do sol, deixaremos o barco e, segundo espero, dentro de duas horas conseguiremos chegar à costa, onde teremos o dia inteiro para explorar o litoral.

— Vamos em frente! — disse então Pencroff.

Dali a pouco porém a piroga roçava o fundo pedregoso do rio. Uma vegetação espessa envolvia tudo numa semi-obscuridade, e ouvia-se distintamente o ruído de uma queda de água, indicando que a poucos metros, rio acima, devia existir uma espécie de represa natural.

De fato, os colonos logo depararam-se com uma cascata. E como o barco tocasse no fundo do rio, trataram de amarrá-lo a um tronco da margem direita.

Era perto das cinco horas da tarde. Os últimos raios de sol, coando-se por entre as densas árvores, iluminavam a pequena cascata, que cintilava com todas as cores do prisma. Mais além, o leito do Mercy desaparecia por entre a alameda, indo alimentar-se em alguma nascente ignorada. Mais abaixo, os diferentes riachos que afluíam ao seu curso, trans-

41

formavam-no num verdadeiro rio; mas ali, ele não passava de um regato límpido.

Aquele lugar é que foi escolhido para acampamento. Os colonos desembarcaram, e acenderam uma fogueira debaixo da copa de um grande lódão, entre cujos ramos eles poderiam encontrar abrigo para passar a noite.

Jantaram rapidamente, porque estavam famintos, e logo adormeceram. Mas ao cair da noite, escutaram rugidos suspeitos, e resolveram conservar a fogueira acesa durante a noite, para que o clarão da chama servisse de proteção. Nab e Pencroff, encarregados de fazerem sentinela alternadamente, não pouparam combustível. No entanto, a noite passou-se sem incidentes notáveis, e no dia seguinte, 31 de outubro, às cinco horas da manhã, todos estavam de pé, prontos para a caminhada.

4

O JAGUAR

Às seis horas da manhã, os colonos puseram-se novamente a caminho, na intenção de seguirem o caminho mais rápido em direção à costa ocidental da ilha. E quanto tempo demorariam para chegar? Cyrus calculara cerca de duas horas, mas tudo dependia dos obstáculos que tivessem que enfrentar. Aquela parte da floresta de Faroeste parecia ser povoada por espessos arvoredos. Por isso, era provável que desse trabalho abrir caminho através das ervas, do mato e das trepadeiras, sendo preciso usar o machado, e talvez a espingarda também; pelo menos assim aconselhava a prudência, em vista dos gritos de animais ferozes que se tinham escutado durante a noite.

A posição exata do acampamento pôde ser determinada pela situação do Franklin, e como este vulcão se erguia a menos de três milhas de distância para o lado do norte, era necessário cortar à direita para sudoeste, a fim de alcançar a costa ocidental.

Tomada esta decisão, a piroga foi amarrada com a máxima segurança, e os colonos trataram de seguir caminho. Pencroff e Nab carregavam provisões suficientes para alimentar o grupo durante, pelo menos, dois dias. Ninguém deveria caçar, e o engenheiro até recomendou aos companheiros que evitassem qualquer tiro intempestivo, que pudesse revelar a presença dos colonos nas vizinhanças.

Bússola em mãos, Cyrus Smith então tratou de indicar o caminho a seguir pela densa floresta, que compunha-se de espécies vegetais já reconhecidas nas vizinhanças do lago Grant e do platô.

43

Desde o momento da partida, os colonos iam descendo pelos declives inferiores que constituíam o sistema orográfico da ilha, num terreno muito seco, mas cuja vegetação prodigiosa fazia pressentir a presença de alguma rede hidrográfica subterrânea ou a proximidade de algum regato. Cyrus Smith, no entanto, não tinha a menor lembrança, quando fizera a excursão à cratera, de ter visto alguma outra corrente de água, além do riacho Vermelho e do Mercy.

Durante as primeiras horas da caminhada, tornaram a aparecer vários bandos de macacos, que pareciam muito espantados à vista dos homens, cujo aspecto era, para eles, sem dúvida, inteiramente novo. Gedeon Spilett perguntava, brincando, se os ágeis macacos não os considerariam irmãos degenerados! E, para falar com franqueza, os colonos, incomodados a todo momento pelos matagais, tolhidos pelas trepadeiras, embaraçados pelos troncos das árvores, não podiam ser comparados com aqueles ágeis animais, que saltavam de galho em galho, sem obstáculo capaz de os deter. Os tais macacos eram numerosos, mas não manifestaram a menor disposição hostil. Apareceram também alguns porcos selvagens, cangurus e outros roedores, aos quais Pencroff mandaria de boa vontade algumas cargas de chumbo.

— Mas enfim — dizia ele, — a temporada de caça não está aberta. Aproveitem amigos, e pulem, saltem e voem à vontade! Na volta, eu lhes mostrarei quem sou.

Às nove e meia da manhã, uma corrente de água apareceu como obstáculo, com cerca de nove a dez metros de largura, e cujo curso rápido, produzido pelo declive do leito, era cortado de abundantes penedos, e se precipitava com grande rugido. Este riacho, ainda que profundo e límpido, não era navegável.

— E agora? Estamos presos! — exclamou Nab.

— Não — respondeu Harbert. — Isto não passa de um regato; podemos passá-lo a nado.

— Para que? — acudiu Smith. — É evidente que este riacho corre para o mar, e assim podemos continuar pela margem esquerda, o que nos levaria diretamente à costa. Vamos!

44

— Esperem um instante — disse o repórter. — E o nome deste riacho, amigos? Não vamos deixar nossa geografia incompleta!

— Tem toda razão — disse Pencroff.

— Batize este, filho — disse o engenheiro para Harbert.

— Não será melhor esperarmos para fazer isto quando o reconhecermos até a foz? — observou o rapaz.

— Pois então seja — concordou Smith. — Então, vamos tocar em frente.

— Esperem um instante! — disse Pencroff.

— O que aconteceu? — perguntou Spilett.

— A caça está proibida, mas não a pesca, não é verdade? — disse o marinheiro.

— Não temos tempo a perder — respondeu Cyrus Smith.

— Ora! Só cinco minutos! — replicou Pencroff. — Não peço mais que cinco minutos, em proveito do nosso almoço!

E deitando-se na borda do rio, o marinheiro mergulhou os braços na água corrente, e fez saltar algumas dúzias de caranguejos grandes, que andavam ali aos montes, por entre as pedras.

— Parecem deliciosos! — exclamou Nab, auxiliando o marinheiro.

— Bem que eu digo que nesta ilha, só falta o tabaco! — murmurou Pencroff, suspirando.

Em menos de cinco minutos a pesca foi proveitosa, tal era a abundância de caranguejos no riacho. Encheu-se um saco até a boca com os crustáceos, e então prosseguiu-se a caminhada.

Seguindo pela margem deste novo rio, os colonos caminhavam com maior rapidez e facilidade. As margens, no entanto, não apresentavam vestígios de qualquer pegada humana. De tempos em tempos percebia-se pegadas de animais grandes, que deviam vir beber no riacho, mas nada mais.

Cyrus Smith, examinando mais detalhadamente aquela rápida corrente que fugia diretamente para o mar, concluiu que eles estavam bem mais distantes da costa ocidental do que ele supunha. Realmente, àquela hora, no litoral, a maré enchia, e por conseqüência, se a foz do riacho estivesse a poucos quilômetros de distância, as águas deviam correr riacho acima. Isto, porém, não acontecia, e a correnteza seguia o declive natural do leito do regato. Em vista disso, o engenheiro ficou muito admirado, e consultava freqüentemente a bússola, para se certificar de que alguma volta do rio não o dirigia novamente para o interior da floresta.

O riacho, no entanto, ia alargando gradualmente, e as suas águas tornando-se mais calmas. O arvoredo da margem direita era tão espesso quanto o da esquerda, de forma que não se podia enxergar muito além da cortina formada pelos primeiros troncos; aquelas massas arborizadas, porém, deviam estar desertas, porque Top não latia, e se algum estranho se encontrasse nas vizinhanças do regato, o inteligente animal não deixaria de dar sinal.

Por volta das dez e meia da manhã, para grande surpresa de Cyrus Smith, Harbert que havia se adiantado um pouco aos companheiros, parou de súbito, exclamando:

— Mar! Mar!

Pouco depois os colonos, parando no extremo da floresta, viam desdobrar-se à sua frente a costa ocidental da ilha.

Mas que profundo contraste entre aquela costa e a outra, onde o acaso os lançara! Ali, nem muralha de granito, nem rochedos no mar, nem uma praia sequer. A floresta é que formava o litoral; as últimas árvores debruçavam-se por sobre as águas e eram batidas pelas ondas. O litoral não era como os que a natureza habitualmente compõe, ora desenrolando vastos tapetes de areia, ora agrupando rochedos, mas sim uma orla florestal admirável, formada pelas mais belas árvore do mundo. A borda do mar era tão levantada, que ficava superior ao nível das maiores marés, e as árvores pareciam estar solidamente plantadas como as que cresciam no interior da ilha.

Os colonos foram dar na curva de uma enseada sem importância, que não poderia alojar nem dois ou três barcos de pesca; mas servia de gargalo ao riacho recém-descoberto; o mais curioso de tudo é que, as águas do regato, ao invés de desembocarem no mar por um declive suave, formavam uma queda com mais de 12 metros de altura; o que explicava porque a subida da maré não se fazia sentir no riacho. Efetivamente, as marés do Pacífico, ainda no máximo da elevação, nunca deviam chegar ao nível do rio. Milhões de anos de certo ainda decorreriam antes que as águas corressem aquela massa de granito até escavarem uma possível abertura. Por esta razão, os colonos deram o nome ao novo riacho de rio da Queda.

Além da foz do rio, para o norte, a orla da floresta prolongava-se por mais cerca de 3 quilômetros; em seguida, as árvores começavam a escassear, e mais ao longe destacava-se em linha quase reta, de norte a sul, uma série de montanhas pitorescas. Em toda a porção de litoral compreendida entre o rio da Queda e o promontório do Réptil, pelo contrário, só se viam massas arborizadas, árvores magníficas, umas direitas, outras inclinadas, cujas raízes eram banhadas pela extensa ondulação do mar. Para estes lados, em toda a península Serpentina, é que devia prosseguir a exploração, pois aquela parte do litoral oferecia refúgios, enquanto que a outra, ainda selvagem, não serviria de refúgio para os náufragos.

O tempo estava magnífico, bem claro, e os nossos colonos, do alto de uma rocha, onde Nab e Pencroff serviram o almoço, podiam enxergar bem longe. O horizonte estava limpo, e nem uma vela se destacava em toda a extensão visível do mar. Em todo o litoral, até a maior distância que os olhos podiam alcançar, não se via embarcação alguma. O engenheiro, porém, não era homem que ficasse descansado até ter explorado toda a costa até a ponta da península Serpentina.

Terminada a refeição, Cyrus Smith deu o sinal da partida. E os colonos, para seguirem pela borda do mar, tiveram que caminhar sob o copado das árvores.

A distância que separava a foz do rio da Queda do promontório do Réptil era cerca de vinte quilômetros. Se caminhassem pela praia, em menos de quatro horas, e sem grande esforço, os colonos poderiam vencer tal distância; mas nas circunstâncias em que o fizeram, porém, tendo que contornar as árvores, cortar trepadeiras e desbastar a mata, que os detinha a cada passo, acabaram por levar mais tempo para chegarem aonde desejavam.

Nenhum vestígio de algum recente naufrágio foi encontrado. Mas, como observou Gedeon Spilett, o mar poderia ter arrastado todo e qualquer despojo, e a falta de vestígios não indicava com precisão se algum navio aparecera ou não naquela parte da ilha Lincoln. Além do mais, o incidente do grão de chumbo provava que, havia quando muito três meses, que se tinha disparado nà ilha um tiro de espingarda.

Já eram cinco horas da tarde, e a ponta da península Serpentina ainda estava distante uns 3 quilômetros de onde estavam os colonos. Era claro que eles não teriam tempo de retornar ao acampamento das margens do Mercy. Seria preciso passar a noite ali mesmo, no promontório. Comida não faltava, o que era uma sorte, porque não se via nenhuma espécie de caça na orla florestal, que no final das contas não passava de um litoral. Havia muitas aves por ali, e não existia árvore onde não se enxergasse um ninho!

Por volta das sete da noite os colonos chegaram ao promontório, mortos de cansaço. Ali, naquela espécie de voluta singularmente recortada no mar, terminava a floresta, e o litoral, em toda a parte sul, apresentava o aspecto de uma costa, com seus rochedos, praia e abrolhos. Era provável que algum navio tivesse chegado à costa naquela parte da ilha, mas como a noite ia chegando, foi preciso adiar para o dia seguinte qualquer investigação.

Pencroff e Harbert trataram de procurar local próprio para assentarem acampamento. As últimas árvores da floresta de Faroeste prolongavam-se até onde estavam nossos colonos; entre elas Harbert reconheceu uns grandes grupos de bambus.

— Ora, isto é que é uma descoberta preciosa!

— Preciosa? — indagou Pencroff.

— Sim, preciosa — continuou Harbert. — A casca do bambu, cortada em tiras, é flexível e serve para fazer cestos. Esta mesma casca, reduzida a pasta e macerada, também serve para fabricar papel na China; e os caules, de acordo com a grossura, servem para fabricar bengalas, cachimbos e canos para água. Os bambus grandes e grossos são excelente material de construção, leves porém sólidos, e nunca atacados pelos insetos. E, na Índia, há quem coma bambu como quem come aspargo.

— Aspargos de 9 metros? — exclamou o marinheiro. — E são bons?

— Excelentes — respondeu Harbert. — Mas, o que se come não são os caules, mas sim o broto dos bambus.

— Muito bem, rapaz! — disse então Pencroff.

— E a medula dos caules novos, conservados em vinagre, dão um condimento muito apreciado.

— Este bambu está cada vez melhor, Harbert!

— Enfim, pode-se retirar do bambu um líquido adocicado, base para uma agradável bebida.

— Isso é tudo? — perguntou o marinheiro.

— Está achando pouco?

— Se os bambus são comestíveis, não servem para o fumo?

— Isso não, Pencroff! — riu Harbert.

O marinheiro e o rapaz encontram logo um lugar favorável para passar a noite. Os rochedos da praia, muito espalhados, apresentavam cavidades que deviam permitir aos colonos que dormissem abrigados. Mas, no momento em que iam entrar numa daquelas escavações, um rugido formidável os deteve.

— Para trás! — gritou Pencroff. — Temos armas, e animais que rugem desta forma não passam sem um bom tiro.

E o marinheiro, agarrando Harbert por um braço, puxou-o para trás de uns penedos no momento em que um animal magnífico aparecia à entrada da caverna.

49

Era um jaguar, parecido com os seus congêneres da Ásia, isto é, tinha mais de um metro e meio de comprimento, medidos da extremidade ao começo da cauda. O pêlo fulvo do dorso do animal era listado por malhas pretas regularmente, e contrastava com o pêlo branco do ventre. Harbert reconheceu logo o feroz rival do tigre.

O jaguar avançou, olhando em torno de si, com o pêlo arrepiado, os olhos faiscando, como se não fosse a primeira vez que sentisse o cheiro humano.

Naquele momento, o repórter estava dando a volta por trás de uma rocha alta, e Harbert, imaginando que Spilett não dera pelo jaguar, já ia correr em sua direção; Gedeon, porém, fez-lhe um sinal com a mão e continuou a caminhar. Aquele não era o primeiro tigre que o repórter iria enfrentar, e por isso, avançando até estar a dez passos da fera, permaneceu imóvel, com a arma apontada, sem que um só músculo estremecesse.

O jaguar, assim que o viu, retraiu todo o corpo e saltou sobre o caçador, mas no momento em que pulava, um tiro certeiro o derrubou.

Harbert e Pencroff correram para o corpo do jaguar. Nab e Cyrus também vieram, e todos ficaram contemplando o animal estendido no chão, cujos magníficos despojos haviam de ser um dos adornos do salão do Palácio de Granito.

— Senhor Spilett, como eu o admiro e invejo! — exclamou Harbert, entusiasmado.

— Ora, meu rapaz, você seria capaz de fazer o mesmo!

— Imagine se eu iria ter a mesma presença de espírito!

— Se você imaginasse o jaguar como uma lebre, iria atirar com a maior calma — disse então o repórter.

— Ora, aí está! — exclamou Pencroff. — E eu pensando que atirar num jaguar era caso sério!

— Já que o jaguar deixou o covil, amigos, não há motivos para que não o ocupemos esta noite — disse Spilett.

50

O jaguar saltou sobre o caçador, mas um tiro certeiro o derrubou

— E se existirem outros? — considerou Pencroff.

— Para que ninguém se atreva a entrar na caverna — disse o repórter, — basta acender uma fogueira ai na entrada!

— Pois vamos para a toca do jaguar! — respondeu o marinheiro, arrastando o cadáver do animal.

Os colonos encaminharam-se então para o covil abandonado. Nab se ocupou em esfolar o jaguar, enquanto os outros foram apanhar uma boa quantidade de lenha.

Cyrus Smith, porém, reparou que ali havia um bambuzal, e cortando certa quantidade deles, misturou-os com a lenha da fogueira.

Feito isso, todos se instalaram na gruta, cujo chão estava coberto de ossos; carregaram as armas como prevenção contra qualquer agressão súbita; depois do jantar, acenderam a fogueira na entrada da caverna. Mal se ateara o fogo, ouviu-se um estalido como se uma centena de bombas arrebentasse no ar. Eram os bambus, que alcançados pelas chamas, funcionavam como fogos de artifício! Aquele barulho era o bastante para assustar e afastar dali a fera mais ousada! Este modo de produzir detonações, não fora inventado pelo engenheiro, mas, segundo conta Marco Polo, é usado há muitos séculos pelos tártaros, para afastarem de seus acampamentos as temíveis feras da Ásia Central.

5

O BALÃO, A CANOA E A ESCADA

Cyrus Smith e seus companheiros dormiram, quais inocentes marmotas, na caverna que o jaguar deixara tão cortesmente para eles.

Ao nascer do sol, todos já estavam na praia, na extremidade do promontório, e voltavam novamente os olhares para o horizonte, dali visível em dois terços da sua circunferência. Mais uma vez puderam verificar que não havia nenhum vestígio de naufrágio. Nem mesmo usando o binóculo Smith descobriu algo suspeito. Na praia, pelo menos, porque para além, o restante da costa não era visível, e da extremidade da península Serpentina nem o cabo da Garra se via, oculto por trás de altas rochas.

Restava assim explorar a parte meridional da ilha. A questão agora era, deveria tentar-se imediatamente esta exploração? Esta hipótese não entrava no plano primitivo. Efetivamente, quando a piroga fora deixada junto às nascentes do Mercy, tinha-se combinado que depois de observar a costa oeste, se voltaria ao barco, regressando-se então para o Palácio de Granito. Cyrus Smith achava, então, que a praia ocidental poderia servir como abrigo a algum navio perdido; desde o momento, porém, que o litoral não apresentava um lugar de possível desembarque, era forçoso procurar na costa sul da ilha o que não se podia encontrar na costa oeste.

Foi Spilett quem propôs que a exploração continuasse, até que o caso do possível naufrágio fosse completamente

53

esclarecido, e foi então que perguntou a que distância poderia estar o cabo da Garra do extremo da península.

— A cerca de uns 50 quilômetros, devido ao recorte da costa — respondeu o engenheiro.

— Tudo isso! — disse Gedeon. — Não é caminhada para um só dia! Mesmo assim, acho que devemos regressar ao Palácio de Granito pela praia do sul.

— Mas do cabo da Garra até em casa são mais quinze quilômetros ou mais — notou Harbert.

— Embora sejam quase setenta quilômetros — respondeu o repórter, — não devemos hesitar. Em compensação, observaremos todo este litoral desconhecido, e não teremos que recomeçar a exploração.

— Concordo — disse então Pencroff. — Mas, e a piroga?

— A piroga pode ficar mais um dia na nascente do Mercy. A ilha, até hoje, não demonstrou estar infestada de ladrões — respondeu Spilett.

— Muito bem — replicou o marinheiro, — mas quando me lembro da história da tartaruga, todo o cuidado me parece pouco.

— Ora, a tartaruga! Já sabemos que foi o mar que a virou — retrucou o repórter.

— Quem sabe? — murmurou o engenheiro.

— Mas... — disse Nab.

Era evidente que o preto tinha algo a dizer, porque abria a boca para falar e não pronunciava palavra.

— O que foi, Nab? — perguntou Smith.

— Queria dizer que, se voltarmos pela praia até o cabo da Garra — respondeu Nab, — depois de dobrar o cabo, encontraremos outro obstáculo...

— O Mercy, é verdade! — disse Harbert. — E não temos ponte para atravessá-lo!

— Não se preocupem — respondeu Pencroff, — bastam uns troncos flutuantes e qualquer um poderá atravessar o rio!

54

— Ainda assim — disse Spilett, — se quisermos ter comunicação fácil com a floresta de Faroeste, será melhor construirmos uma ponte!

— Uma ponte! — exclamou Pencroff. — E onde está a dificuldade? Temos aqui um engenheiro, que pode projetar uma ponte num instante, basta querer! Quanto a atravessarmos o Mercy agora, sem molharmos nem um fio de cabelo, deixem por minha conta. A respeito dos mantimentos, ainda temos o suficiente para mais um dia, e é o bastante; além disso, talvez encontremos caça pelo caminho. Vamos!

A proposta do repórter, entusiasticamente apoiada pelo marinheiro, obteve aprovação geral, porque todos estavam empenhados em acabar de vez com as dúvidas a respeito do naufrágio. Não havia uma hora a perder, porque era uma caminhada bem longa, e nenhum dos exploradores esperava chegar ao Palácio de Granito antes do anoitecer.

No dia seguinte, às seis da manhã, o grupo pôs-se a caminho. As espingardas iam carregadas, para prevenirem-se contra possíveis feras, e Top, a quem incumbia abrir a marcha, teve ordem de fazer uma batida na orla da floresta.

A partir do extremo do promontório que formava a cauda da península, a costa apresentava uma curva de 8 quilômetros de extensão, que percorreram rapidamente, sem que as minuciosas investigações revelassem o menor vestígio de desembarque antigo ou recente, nem de sobreviventes, nem restos de acampamentos, cinzas de fogueira extinta, nem sequer uma pegada!

Chegando ao ângulo em que a inflexão da costa terminava, seguindo a direção nordeste e formando a baía Washington, os colonos puderam abranger num olhar o litoral sul da ilha em toda a sua extensão. A quarenta quilômetros dali terminava a costa pelo cabo da Garra, que mal se distinguia por entre as brumas da manhã, e que por um fenômeno de miragem parecia mais alto e como que suspenso entre a terra e as águas. No lugar onde estavam os colonos o areal liso e chato, limitado ao fundo por árvores; mais além o litoral, acidentandose, projetava pelo mar adentro agudas pontas, seguindo até terminar no cabo da Garra, em sucessivas aglomerações de rochas negras acumuladas em pitoresca desordem.

Tal era a perspectiva daquela parte da ilha, que os nossos exploradores viam então pela primeira vez, e que percorreram num relance, detendo por instantes os passos.

— Qualquer navio que aqui navegasse, estaria irremediavelmente perdido — disse Pencroff. — Não se vê nada além de bancos de areia, que se prolongam por esse mar afora, e mais além, rochedos! Péssimas paragens!

— Mas, ao menos, devia haver alguns restos do tal navio — respondeu o repórter.

— Alguns bocados de madeira nesses recifes, na areia nada — respondeu o marinheiro.

— Ora essa! Por que?

— Porque aquelas areias são mais perigosas ainda que os rochedos, engolem tudo que lá cai; bastariam poucos dias para que o casco de um navio de muitos centos de toneladas desaparecesse ali de todo!

— Então, Pencroff — observou o engenheiro, — não seria de se espantar caso um navio tivesse se perdido nesses bancos, que não sobrasse hoje o menor vestígio?

— Não, senhor Smith, o caso estava em que o tempo ou a borrasca ajudasse. Contudo, mesmo nesse caso, seria para admirar que não tivessem sido lançados à praia, fora do alcance das vagas, alguns destroços.

— Vamos continuar, portanto, com a nossa investigação — disse então Cyrus Smith.

Por volta de uma hora da tarde os colonos tinham chegado ao fundo da baía de Washington, andando até aquele momento uns 30 quilômetros do caminho. Pararam então para almoçar.

Naquele ponto, a costa começava a se tornar irregular, recortada e coberta por uma comprida linha de recifes, seguidos de bancos de areia, e que a maré, naquele momento cheia, devia dentro em pouco deixar a descoberto. Viam-se as flexíveis ondulações do mar, quebrando-se de encontro aos recifes, alargando-se em longas franjas espumosas. Desse ponto até ao cabo da Garra o areal era pouco espaçoso, cercado pelos recifes e pela orla da floresta.

A caminhada, por conseqüência, ia ser difícil dali para frente, porque a praia estava semeada de penedos esburacados.

A muralha de granito tendia também a levantar-se cada vez mais, e mal se viam as copas das árvores que a coroavam por detrás.

Depois de meia hora de descanso, os colonos retomaram a marcha, sem deixar de investigar um só ponto dos recifes ou do areal. Pencroff e Nab chegaram a ir até ao meio dos recifes, todas as vezes que algum objeto lhes chamava a atenção. Mas não eram destroços, porém, e sim as formas caprichosas dos rochedos que os enganavam. No entanto, numa destas excursões mar adentro, tiveram ocasião de verificar que os mariscos comestíveis eram abundantes. A exploração, porém, só poderia ser realizada quando estivessem estabelecidas as comunicações entre as duas margens do Mercy, e aperfeiçoados os meios de transporte.

Como se vê, naquela parte do litoral não havia nada que pudesse ter relação com o possível naufrágio. Nada foi encontrado.

Por volta das três horas, os colonos chegaram a uma estreita enseada, onde não havia correnteza. Era um verdadeiro porto natural, invisível do mar largo, e que oferecia estreito acesso por um canal ladeado por recifes.

No fundo da enseada, alguma violenta convulsão dilacerara a margem granítica, fazendo ali uma abertura em declive suave, por onde se podia ir ao platô superior, que poderia estar situado a menos de 20 quilômetros do cabo da Garra, e por conseqüência, a 12 quilômetros em linha reta do platô da Vista Grande.

Spilett propôs aos companheiros que descansassem naquele local, o que foi aceito de bom grado por todos, porque a caminhada lhes tinha aberto o apetite, e apesar de não ser hora do jantar, ninguém recusou um bocado de carne fria. Além do mais, o lanche improvisado tinha a vantagem de preparar os viajantes para o jantar, que só seria servido no Palácio de Granito.

Minutos depois, os colonos estavam sentados junto a uma magnífica moita de pinhos marítimos, devorando as provisões que Nab tirara do alforje.

O lugar onde descansavam estava a uns quinze ou vinte metros acima do nível do mar. O raio de visão, portanto, era bem extenso, e passando por cima das últimas rochas do cabo, ia perder-se na baía da União. Mas a ilhota e o platô da Vista não eram visíveis, nem podiam ser, porque o relevo do terreno e uma cortina de árvores ocultavam todo o horizonte norte. É inútil acrescentar que ali também, nada se divisou.

A parte do litoral ainda não percorrida pelos colonos, foi igualmente explorada com o binóculo, e com a mesma cuidadosa atenção, desde a praia arenosa até a linha dos recifes, sem que nenhum objeto suspeito aparecesse ao alcance do instrumento.

— Não há outro remédio, senão nos consolarmos, diante do fato de que ninguém virá disputar conosco a posse da ilha Lincoln.

— Mas, e o grão de chumbo? — acudiu Harbert. — Não era imaginação, creio eu!

— E não! Com seiscentos mil diabos! — exclamou Pencroff. — Que o diga meu dente!

— E que conclusão podemos tirar então? — perguntou o repórter.

— A seguinte: quando muito há três meses, algum navio aqui chegou, por vontade ou sem... — respondeu o engenheiro.

— O que? — interrompeu o repórter. — Cyrus, você acha que um navio que aqui naufragasse, não iria deixar algum vestígio?

— Não, meu caro Spilett. Mas, o que parece é que, se alguém pôs os pés nesta ilha, não está mais aqui.

— O senhor acha que o navio tornou a partir? — disse Harbert.

— Decerto.

— E que perdemos a única oportunidade de voltarmos para casa — observou Nab.

— Disse bem Nab, a única. Este é o meu maior receio.

— E então, o que vamos fazer? Perdemos a ocasião, não é verdade? Pois então, vamos em frente — disse Pencroff, já com saudade do Palácio de Granito.

Mal o marinheiro se levantara, porém, ouviram-se os latidos de Top, e o cão irrompeu da mata, com um pedaço de pano na boca. Nab o arrancou do cão, que continuava ladrando, correndo inquieto de um lado para o outro, parecendo convidar todos a segui-lo até a mata. O pedaço de pano era uma tela grossa.

— Aí temos algo! Algo que talvez explique o caso do grão de chumbo! — exclamou Pencroff.

— Será um náufrago? — acudiu Harbert.

— E talvez ferido! — disse Nab.

— Ou mesmo morto! — replicou o repórter.

Todos correram atrás do cão, e por via das dúvidas, levavam as armas carregadas e preparadas.

Por mais que os colonos se internassem na mata, não conseguiram encontrar o menor vestígio de passos humanos, matos, topos, trepadeiras, tudo estava intacto, sendo até necessário abrir caminho a machado, como sucedera antes nas mais profundas espessuras da floresta. Era difícil admitir que um ser humano qualquer tivesse passado por ali; e contudo, Top corria de um lado para outro, não como um cão que procura ao acaso, mas como qualquer ser dotado de vontade, que vai atrás de uma idéia.

Ao fim de sete ou oito minutos de marcha, Top parou. Os colonos, que estavam numa espécie de clareira cercada

59

pelo alto arvoredo, por mais que olhassem em torno, não viam nada.

— O que foi, Top? — perguntou Cyrus Smith.

Top latiu com mais força então, e saltou para junto de um enorme pinheiro.

— Bom, muito bom! — exclamou Pencroff, de repente.

— O que foi? — perguntou Spilett.

— Não estávamos procurando destroços no mar ou na terra?

— E então?

— Nós os encontramos no ar!

E o marinheiro apontou para uma espécie de grande farrapo esbranquiçado, que pendia do alto do pinheiro.

— Mas isto não é um destroço! — replicou Spilett.

— Ora essa! Então o que é? — replicou Pencroff.

— Será possível?...

— É o que sobrou do nosso balão, que veio encalhar ali, no alto daquela árvore!

Pencroff não estava enganado, e soltando um formidável hurra, acrescentou:

— E temos um ótimo pano aqui! Mais do que suficiente para nos fornecer roupa branca para anos e anos! Que belos lençóis, que famosas camisas iremos tirar daqui! E esta! Senhor Spilett, o que me diz de uma ilha onde as camisas nascem nas árvores, como frutas?

O fato do balão ter caído na ilha, e a oportunidade que os colonos tinham agora de reavê-lo, eram ocorrências bem felizes para eles, quer o guardassem inteiro, para tentar restaurá-lo e tentar sair da ilha, quer o usassem para confeccionar roupas. A alegria de Pencroff era a mesma que os outros colonos sentiam.

Era preciso retirar o balão da árvore, com urgência. O trabalho não foi fácil, e Nab, Harbert e Pencroff tiveram que dar mos-

Era preciso retirar o balão da árvore, com urgência, e o trabalho não foi fácil.

tras de grande habilidade para soltarem o balão. Esta operação levou duas horas, mas no final eles conseguiram soltar não só o invólucro, mas também a válvula, molas, guarnições de cobre, rede, uma boa dose de cabos e cordas e a âncora do balão. O invólucro, à exceção do rasgão, estava em ótimo estado.

Fora uma verdadeira sorte.

— O caso é, senhor Cyrus — disse o marinheiro, — que se alguma vez decidirmos deixar a ilha, não há de ser num balão não é mesmo? Os tais navios do ar não vão aonde a gente quer, já sabemos disso! Olhem, se quiserem minha opinião, o melhor é se construir um bom barco de vinte toneladas, e retirar o velame daqui. O resto servirá para nos vestir.

— Veremos, Pencroff — respondeu Cyrus Smith.

— Precisamos colocar isso em lugar seguro — disse Nab.

Realmente, não havia como transportar para o Palácio de Granito aquela enorme carga de tela, cordas e cabos, cujo peso era considerável, e enquanto não se arranjava um veículo conveniente para carregar todo aquele material, o melhor era não deixá-lo à mercê do primeiro vendaval.

Com muito custo os colonos conseguiram arrastar tudo até a praia, onde conseguiram descobrir uma cavidade entre os penedos, a salvo do vento, do mar e da chuva.

— Precisávamos de um armário, e aqui está ele — disse Pencroff. — Mas como não podemos trancá-lo, o melhor será cobrir a entrada, não por causa dos ladrões de dois pés, mas por causa dos ladrões de quatro patas.

Às seis horas da tarde todo o material encontrado estava guardado, e os colonos, depois de terem batizado a enseada como "Porto Balão", puseram-se novamente a caminho para o cabo da Garra. Pencroff e Smith iam conversando a respeito dos diversos projetos que convinha executar o quanto antes: uma ponte sobre o Mercy, para estabelecer fácil comunicação com o sul da ilha; trazer a carroça para conduzir o balão, já que a canoa não daria conta de tal transporte;

62

construir uma chalupa com coberta, para poderem empreender viagens de circunavegação em volta da ilha, etc.

Entretanto, a noite ia caindo, e o céu começava a escurecer quando os nossos colonos chegaram à ponta dos Salvados, mesmo local onde tinham descoberto o precioso caixote. Ali, porém, como nos outros lugares, nada indicava que pudesse ter ocorrido um naufrágio, e por conseqüência, era preciso contentar-se com as conclusões anteriores de Cyrus Smith.

Da ponta dos Salvados até o Palácio de Granito restavam ainda cerca de seis quilômetros, que os colonos venceram rapidamente. Ainda assim, era mais de meia-noite quando os colonos, depois de terem seguido pelo litoral até a foz do Mercy, chegaram à primeira volta do rio. Naquele ponto o leito do rio tinha a largura de uns 24 metros, e não era fácil atravessá-lo; Pencroff, porém, se comprometera a vencer a dificuldade.

Os colonos estavam exaustos. A caminhada fora longa, e o transporte do balão os deixara ainda mais cansados. Todos tinham pressa em chegar ao Palácio de Granito para jantar e dormir; se a ponte já estivesse construída, em menos de quinze minutos estariam em casa. A noite estava escuríssima. Pencroff preparou-se para cumprir a sua promessa, fazendo uma espécie de jangada capaz de passar o Mercy. Nab e o marinheiro, armados dos respectivos machados, escolheram duas árvores próximas da margem, pensando em fazer uma jangada.

Cyrus e Gedeon esperavam sentados na margem o momento oportuno de ajudar os companheiros; Harbert andava ali perto, de um lado para o outro.

De repente, o rapaz voltou-se precipitadamente e apontando para a parte da nascente do rio, exclamou:

— Que será que vem aí pelo rio abaixo?

Pencroff interrompeu logo o trabalho e viu um objeto que aparecia confusamente no escuro.

— Uma canoa! — disse o marinheiro.

Todos aproximaram-se, e com grande espanto viram uma embarcação que seguia na correnteza.

— Quem vem lá! — gritou o marinheiro, mais por hábito da profissão, sem refletir que talvez fosse melhor silenciar.

Ninguém respondeu, no entanto. A embarcação continuava a aproximar-se; e estaria quando muito a uns dez passos, quando o marinheiro exclamou:

— Ora! É a nossa piroga! A amarração rompeu-se e ela desceu a correnteza! Que sorte!

— A nossa piroga?... — murmurou o engenheiro.

Pencroff tinha razão. Era mesmo a piroga, que vinha descendo pelo Mercy. E o melhor era agarrá-la rapidamente, antes que fosse levada para além da foz. Nab e Pencroff, usando habilmente uma vara, conseguiram realizar a proeza.

Assim que a canoa chegou à borda, o engenheiro foi o primeiro a embarcar, conferindo as amarras, como que para se certificar de que o cabo se gastara realmente com o atrito das rochas.

— E então — perguntou Gedeon baixinho ao engenheiro, — o que você acha disso?

— Acho muito estranho! — respondeu Cyrus Smith.

Estranho ou não, a canoa veio em boa hora. Harbert, Nab e Pencroff nem sequer duvidavam que a amarração tivesse se soltado por si só; o que havia mesmo para se admirar era o fato da piroga ter chegado exatamente no momento em que os colonos estavam ali. Se tivesse passado um pouco mais tarde, ela teria se perdido no mar.

Se estes acontecimentos ocorressem no tempo em que gênios e fadas andavam pelo mundo, seriam suficientes para supor que a ilha era habitada por algum ente sobrenatural que punha o seu poderio a serviço dos náufragos!

Com o auxílio dos remos, os colonos chegaram rapidamente à foz do Mercy. Deixaram a canoa na praia, junto das Chaminés, e dirigiram-se para o Palácio de Granito.

Naquele momento, porém, Top pôs-se a latir enfurecido e Nab, que estava na frente, soltou um grito...

A escada desaparecera!

64

6
INVASÃO NO PALÁCIO DE GRANITO

Cyrus Smith parara, sem dizer uma só palavra. Seus companheiros procuravam no meio da escuridão, tateando as paredes da muralha, julgando que talvez o vento tivesse tirado a escada do lugar, ou que ela talvez tivesse caído. A escada, porém, não foi encontrada. Descobrir o que acontecera, no meio daquela escuridão, era impossível.

— Se isto é brincadeira — exclamou Pencroff, — não acho graça nenhuma! Chegar em casa e não conseguir entrar, ainda mais quando se está tão cansado, não é brincadeira!

Nab se limitava a murmurar coisas ininteligíveis.

— Hoje nem está ventando! — disse Harbert.

— Estão acontecendo coisas bem estranhas nesta ilha! — tornou Pencroff.

— Estranhas? — volveu Spilett. — Não, Pencroff, tudo isto é muito natural. Alguém veio aqui durante a nossa ausência e tomou posse de nossa casa.

— Alguém? — exclamou o marinheiro. — Mas quem?...

— Ora essa! O caçador do grão de chumbo — replicou o repórter.

— Sim? Pois se alguém está lá em cima — respondeu praguejando Pencroff, que já estava impaciente, — eu vou cuidar dele.

E com sua voz de trovão, o bom marinheiro soltou um "Olá!" valente e empolgado.

Os colonos escutaram atentamente e julgaram ouvir, nas alturas do Palácio de Granito, uma espécie de risada, cuja origem não lhes foi possível descobrir. Nenhuma voz, porém, respondeu ao chamado de Pencroff, que tornou a chamar, mas sempre em vão.

O caso era para dar o que pensar mesmo aos mais indiferentes, e os nossos colonos certamente não se enquadravam nesta definição. Na situação em que se encontravam, este incidente era extremamente grave, e o certo era que, durante os sete meses que viviam na ilha, nada de tão surpreendente havia acontecido antes.

Fosse como fosse, o caso é que os colonos esqueceram o cansaço, e interrogavam-se mutuamente, sem contudo conseguirem compreender o que estava acontecendo. Nab lamentava-se, desconsolado por não poder ir para a sua cozinha, ainda mais que os mantimentos da viagem estavam esgotados, e não havia meio de se refazer as provisões.

— Amigos — disse então Cyrus Smith, — há uma única coisa a se fazer: esperar pela luz do dia e então agir. Até lá, vamos nos abrigar nas Chaminés, e se não podemos comer, ao menos poderemos dormir.

— Mas quem será que nos aprontou esta? — perguntou mais uma vez Pencroff, que não se conformava com a situação.

Quem quer que fosse, a única coisa a fazer, como bem colocara o engenheiro, era voltar para as Chaminés e esperar pelo novo dia. Top, entretanto, teve ordem de ficar debaixo das janelas do Palácio de Granito; e quando o cachorro recebia uma ordem qualquer, executava-a à risca.

Apesar do cansaço, os colonos não dormiram bem. Estavam ansiosos por causa dos últimos acontecimentos. O caso é que o Palácio de Granito fora invadido, e eles não podiam entrar lá. E ali também ficara todo o material da colônia: armas, instrumentos, ferramentas, mantimentos, munições. Se tudo aquilo fosse saqueado e roubado, os colonos seriam forçados a recomeçarem todos os trabalhos e arranjos já feitos, o que seria muito grave! Por isto, a cada instante, um ou outro dos colonos, dominado pela inquietação, saía a espreitar se Top estava montando guarda. Cyrus Smith era o único a esperar com sua habitual paciência, ainda que se exasperasse por enfrentar um fato absolutamente inexplicável. Ele e Spilett trocavam opiniões, em voz baixa, acerca dos fatos estranhos que haviam acontecido na ilha. Estavam diante de um mistério, mas como desvendá-lo?

Assim que o dia começou a clarear, os colonos, convenientemente armados, encaminharam-se para a praia junto da orla de recifes. Dali a pouco a fachada do Palácio de Granito devia estar iluminada pelo clarão da alvorada; efetivamente, antes das cinco horas, as janelas da habitação, que estavam fechadas, já eram vistas.

Tudo parecia em ordem, porém, quando os colonos olharam para a porta, que também tinham deixado fechada, a viram aberta. Todos então soltaram um grito de ansiedade.

Alguém entrara no Palácio de Granito, já não havia dúvidas. O lance superior da escada estava em seu lugar, o lance inferior, porém, tinha sido içado até a entrada. Era evidente que o intruso havia tomado esta atitude para prevenir-se de qualquer surpresa.

Quaisquer que fossem estes intrusos, porém, era ainda impossível saber quantos eram e quem eram, já que os colonos não viam ninguém. Pencroff tornou a chamar, mas não obteve resposta.

— Que grandes tratantes! — exclamou o marinheiro. — Eles estão dormindo sossegados, como se estivessem em casa! Olá! Piratas, bandidos!

Naquele momento o dia rompeu completamente, e a fachada do Palácio de Granito apareceu iluminada pelos primeiros raios de sol. No interior da casa, porém, tudo parecia sossegado.

Os colonos já começavam a duvidar se o Palácio de Granito estaria ou não habitado, apesar da escada ter desaparecido. Foi então que Harbert teve a idéia de atar uma corda a uma flecha, apontando-a de forma a passar por entre os primeiros degraus da escada que pendia do limiar da porta. Por meio desta corda seria possível estender novamente a escada até o chão e restabelecer a comunicação com a habitação.

Era o mais razoável a se fazer, e devia dar bom resultado. Por sorte, os colonos tinham arcos guardados num dos corredores das Chaminés, onde também estavam alguns metros de corda. Pencroff desenrolou esta corda e atou-lhe uma ponta numa flecha. Harbert é quem se encarregou de disparar a flecha, que passou, sibilando, exatamente por entre os dois últimos degraus. A operação fora um sucesso. Em pouco tempo a escada já estava em seu lugar.

— Ah, este malandro! — exclamou o marinheiro, furioso. — Deixa estar que eu vou te pegar!

— Quem poderá ser? — perguntou Nab.

— Quem? Pois então ainda não percebeu?...

— Eu não!

— É um macaco! A nossa casa foi invadida por macacos, que treparam pela escada enquanto estávamos fora!

Naquele momento, como que para confirmar o que dizia o marinheiro, apareceram na porta três ou quatro macacos, que saudaram os verdadeiros donos da casa com muitas caretas.

— Eu sabia que isto tudo era uma grande confusão! — exclamou Pencroff. — Mas estes tratantes vão pagar caro.

E o marinheiro pegou a espingarda, apontou para um dos macacos e abriu fogo. Escaparam todos, menos um que, ferido, veio cair na praia.

O macaco ferido era bem grande, e Harbert logo declarou que era um orangotango.

— Que magnífico animal! — exclamou Nab.

— Não vejo nada de magnífico! — retorquiu Pencroff. — O caso é que ainda não vejo como vamos entrar em casa!

— Ora, Harbert é excelente atirador, e está com o arco! — replicou o repórter. — Ele que torne a tentar...

— Isso seria bom, se estes macacos não fossem tão espertos! — exclamou Pencroff. — Se eles não aparecerem de novo, não poderemos matá-los! Quando penso no estrago que eles podem estar fazendo nos quartos, no armazém...

— Um pouco de paciência — pediu Cyrus Smith, — que esta situação não pode durar por muito tempo!

— Só vou descansar quando vir essa macacada toda aqui em baixo — respondeu o marinheiro. — Mas, primeiro de tudo, senhor Smith, sabe me dizer quantas dúzias destes malandros estarão alojados lá em cima?

Esta era uma pergunta difícil, assim como recomeçar a tentativa de abordagem iniciada por Harbert, porque a extremidade inferior da escada fora colocada para dentro da porta pelos macacos, e estava tão segura que, quando os colonos tornaram a puxar a corda, esta soltou-se, mas a escada não caiu.

O caso era complicado. Pencroff bufava. A situação tinha até seu lado cômico, mas o bom marinheiro não conseguia achar a menor graça. Que os colonos haveriam por terminar reavendo seus domínios, era claro; mas como e quando? Aí é que estava a questão.

Passaram-se duas horas, durante as quais os macacos não se mostraram; entretanto, eles continuavam dentro do Palácio de Granito, porque de vez em quando aparecia na porta ou nas janelas um focinho ou uma pata, que era sempre recebido com um tiro de espingarda.

— Vamos nos esconder — propôs então o engenheiro. — Talvez assim os macacos pensem que fomos embora, e tornem a aparecer. Spilett e Harbert, porém, ficarão aqui de emboscada, atrás destas rochas, e abrirão fogo quando eles aparecerem!

As ordens do engenheiro foram logo cumpridas, e enquanto o repórter e o mocinho, que eram os dois atiradores mais hábeis da colônia, se preparavam, Nab, Pencroff e Cyrus

Smith treparam ao platô e foram até a floresta, porque já era hora da refeição, e não havia nada para se comer.

Dali a meia hora os caçadores voltaram com alguns pombos selvagens, que assaram como lhes foi possível. Nem um só macaco tinha reaparecido.

Gedeon e Harbert juntaram-se aos companheiros para o almoço, deixando Top de sentinela. Mal, porém, acabaram de comer, voltaram aos seus postos.

Duas horas depois, a situação era exatamente a mesma. Os macacos não davam sinal de existência; era caso para se pensar que tinham desaparecido; mas o mais provável, no entanto, era que, aterrados com a morte de um dos seus companheiros, apavorados pelas detonações das armas, estivessem escondidos no fundo de um dos aposentos do Palácio de Granito, talvez até no armazém. E quando os colonos se lembravam das riquezas que ali estavam, a paciência, tão recomendada pelo engenheiro, acabava por se transformar em violenta irritação, e motivos para isto não faltavam.

— Decididamente, isto é estupidez — disse afinal o repórter. — Não vejo como vamos resolver a situação assim!

— É preciso enxotar estes malandros! — exclamou Pencroff. — Se nós os pudéssemos combater frente a frente, ainda que fossem vinte, não me metiam medo! Ora esta! Será que não há um meio de chegarmos perto?

— Há, há sim — respondeu o engenheiro, que acabara de pensar numa solução.

— Pois se há um meio, vamos lá! Qual é?

— Tentar chegar ao Palácio de Granito pelo antigo escoadouro do lago — respondeu Cyrus Smith.

— Ah, com mil diabos! E eu que não me lembrei disso!

Este parecia ser, realmente, o único meio de se entrar na habitação. Como o orifício do escoadouro estava fechado com um tapume de pedra, seria preciso sacrificar esta cons-

70

trução, mas era o único meio de se entrar. Por sorte Smith ainda não pusera em prática o seu plano de dissimular a boca do escoadouro, submergindo-a por meio da elevação do nível das águas do lago, porque, nesse caso, a operação seria ainda mais lenta.

Já passava do meio dia quando os colonos, bem armados e munidos de picaretas, saíram das Chaminés, passaram por debaixo das janelas do Palácio de Granito, onde Top continuava em seu posto, e se dispuseram a caminhar pela margem esquerda do Mercy, indo até o platô da Vista Grande.

Mal tinham dado cinqüenta passos, porém, ouviram o cão ladrar enfurecidamente. Era uma espécie de chamada de desespero. Todos pararam

— Vamos correndo! — gritou então Pencroff.

E desceram a margem escarpada a toda velocidade. Logo que chegaram na curva do rio, viram que a situação tinha mudado.

Os macacos, tomados de súbito pavor, proveniente de uma causa qualquer desconhecida, tratavam de fugir. Dois ou três corriam e saltavam de uma janela para a outra, agilmente. Nem usaram a escada, que lhes facilitaria a descida, porque estavam dominados pelo terror. Não demorou muito para que dois ou três macacos se colocassem na mira dos caçadores, e eles dispararam sem hesitar. Uns, feridos ou mortos, caíram novamente para dentro dos quartos, soltando gritos agudos; outros, caindo para fora, despedaçaram-se na queda. Instantes depois parecia não haver mais macacos dentro do Palácio de Granito.

— Hurra! — gritou Pencroff. — Três vezes hurra!

— O caso não é para tanto hurra! — disse Spilett.

— Por que não? Acaso não estão todos mortos? — replicou o marinheiro.

— Sim, mas ainda não temos como entrar em casa.

— Ora, vamos para o escoadouro! — retorquiu Pencroff.

71

— Vamos, vamos. Mas... Parecia ser preferível...

Naquele momento, como que em resposta à observação de Cyrus Smith, a escada apareceu no limiar e desenrolou-se, caindo até a praia.

— Com mil cachimbos! Isso é notável! — exclamou o marinheiro, olhando para Cyrus Smith.

— Notável até demais! — murmurou o engenheiro, que foi o primeiro a saltar para os degraus da escada.

— Cautela, senhor Cyrus! — exclamou Pencroff. — Olhe que lá em cima ainda pode estar um destes orangotangos!

— Vamos ver — respondeu o engenheiro, sem se deter.

Todos então o acompanharam, e dali a pouco estavam no limiar da porta.

Assim que entraram em casa, os colonos procuraram por toda a parte. Mas não encontraram ninguém nos quartos ou no armazém, que fora respeitado pelos macacos.

— Ora, e a escada? — exclamou o marinheiro. — Quem foi que a jogou lá embaixo?

Naquele momento, porém, escutou-se um grito, e um grande macaco, perseguido por Nab, irrompeu sala adentro.

— Olhe só que bandido! — exclamou Pencroff.

E já se dispunha a partir com o machado para cima do animal, quando Cyrus Smith deteve-lhe o golpe:

— Não o mate, Pencroff.

— Vamos perdoar este grandalhão?

— Sim, afinal, foi ele quem nos lançou a escada!

E o engenheiro disse estas palavras com uma entonação tão singular, que seria difícil adivinhar se ele falava sério ou não.

Os colonos capturaram o macaco, apesar deste defender-se bravamente.

— Uff! — exclamou Pencroff. — E agora, o que vamos fazer com esta prenda?

Os colonos capturaram o macaco, apesar dele defender-se bravamente.

— Vamos fazer dele nosso criado! — respondeu Harbert.

E o rapaz, ao falar isto para Pencroff, não estava fazendo nenhum gracejo, mas sim porque sabia o quão inteligente são os macacos.

Depois de amarrado, os colonos aproximaram-se do macaco para examiná-lo detidamente. Era um orangotango, e como tal, não era feroz nem malévolo, além de muito esperto, sendo dotado de uma inteligência quase humana.

Domesticados, os orangotangos servem a mesa, limpam um quarto, cuidam da roupa, engraxam botas; servem-se habilmente de faca, colher e garfo, e até bebem vinho... Tão bem ou melhor do que qualquer outro criado.

O animal que jazia amarrado no salão do Palácio de Granito era enorme, com quase dois metros, corpo admiravelmente proporcionado, peito amplo, cabeça de tamanho regular, ângulo facial de não menos de sessenta e cinco graus, crânio arredondado, nariz saliente, pele coberta de pêlo liso, macio e luzidio. Os olhos, um pouco menores que os olhos humanos, brilhavam-lhe com inteligente vivacidade; os brancos dentes luziam-lhe por debaixo do bigode, e tinha umas barbichas frisadas cor de avelã.

— Ora, ora, que exemplar! — disse Pencroff. — Se ao menos soubéssemos sua língua, podíamos conversar!

— Então é sério mesmo, amo? Vamos tomar este macacão como criado?

— É verdade, Nab — respondeu o engenheiro sorrindo. — Mas não fique com ciúmes!

— Espero transformá-lo num excelente criado — acrescentou Harbert. — Parece ser ainda novo, portanto será fácil educá-lo, sem nos vermos obrigados a empregar a força para o domar. O animal não deixará de se afeiçoar a nós, que havemos de ser bons para ele.

— E certamente seremos — respondeu Pencroff, que já esquecera toda a sua raiva.

— *Quer dizer que quer fazer parte da colônia?* — *perguntou o marinheiro.*

E aproximando-se do orangotango, perguntou-lhe:

— E então, moço, como está?

O animal deu um pequeno grunhido, que não parecia ser de zanga.

— Quer dizer que quer fazer parte da colônia? — perguntou o marinheiro. — E vai trabalhar sob as ordens do senhor Cyrus?

Outro grunhido de afirmação do macaco.

— Está disposto a trabalhar em troca de comida, e nada mais?

Terceiro grunhido de aprovação, notou Spilett.

— Não há dúvida de que os melhores criados são os que menos falam. E além disso ainda não recebe pagamento! Está ouvindo, rapaz? Nos primeiros tempos não iremos lhe pagar, mas lá adiante, se estiverem contentes com você, isto pode mudar!

E assim a colônia foi acrescida por mais um membro, que no futuro iria prestar-lhe bons serviços. Quando ao nome que se havia de dar ao macaco, Pencroff pediu que fosse Júpiter, ou simplesmente Jup, como recordação de outro macaco que conhecera.

E eis como mestre Jup ficou instalado, sem mais cerimônia, no Palácio de Granito.

7
CONSTRUINDO UMA PONTE

Os colonos da ilha Lincoln tinham, enfim, reconquistado sua habitação, sem necessidade de entrarem pelo antigo escoadouro, circunstância que lhes poupou muito trabalho.

Na realidade, fora uma felicidade que, no momento em que se dispunham a entrar pelo escoadouro, o bando de macacos se visse atacado por aquele terror, súbito e inexplicável, que acabara por expulsá-los do Palácio de Granito. Acaso teriam pressentido que seriam atacados por outro lado?

Esta era a única interpretação razoável do movimento de retirada que eles tinham realizado, tão repentinamente.

As últimas horas do dia foram empregadas em transportar para a mata próxima, onde foram enterrados, os cadáveres dos macacos. Em seguida, os colonos trataram de reparar a desordem causada pelos intrusos, — desordem, e não estrago, porque os macacos tinham desarrumado e revolvido toda a mobília dos quartos, mas sem quebrar coisa alguma. Nab tornou a acender as fornalhas, e das reservas da despensa saiu uma refeição substanciosa e bem-vinda.

Jup não ficou no esquecimento, e comeu com apetite grande quantidade de pinhões. Pencroff desamarrou-lhe os braços, mas achou melhor deixar-lhe as pernas presas, enquanto não estivesse bem certo de que o animal se encontrava completamente resignado.

Feito isto, e antes de se deitarem, Cyrus e seus companheiros ficaram à mesa discutindo alguns planos de execução urgente. Os mais importantes eram a construção de uma ponte no Mercy, para estabelecer comunicação entre o Palácio de Granito e a parte sul da ilha, depois a construção de um curral, destinado a alojar os carneiros selvagens ou qualquer outro tipo que viessem a capturar.

Como se vê, ambos os projetos tinham por intuito principal resolver o problema do vestuário, que naquele momento era o mais sério. A ponte serviria para facilitar o transporte do balão, destinado à roupa branca, e o curral seria a fonte de lã, de onde sairiam as roupas de inverno.

Cyrus Smith tinha intenção de construir o curral junto das nascentes do riacho Vermelho, local onde os ruminantes encontrariam pastagens próprias para lhes fornecer alimento fresco e abundante. O caminho do platô da Vista Grande para as nascentes do riacho estava já em parte viável, e com uma carroça em melhores condições que a primeira, os carretos seriam mais fáceis, principalmente se os colonos conseguissem capturar algum animal de tração.

Não havia inconveniente em que o curral ficasse longe do Palácio de Granito; o mesmo não ocorria com a granja, assunto para o qual Nab chamou a atenção de seus companheiros. Era realmente preciso que as aves ficassem à mão do chefe da cozinha, e por esta razão o local que se oferecia como mais próprio para estabelecer a granja era às margens do lago onde estava o antigo escoadouro. Ali seria um bom local tanto para as espécies aquáticas, como outras quaisquer, e o casal de tinamus que haviam capturados seriam a primeira experiência de domesticação.

No dia seguinte, 3 de novembro, foram iniciados os trabalhos de construção da ponte, obra importante que exigiu o emprego de todos os braços da colônia. Todos desceram à praia, transformados em verdadeiros carpinteiros, levando serras, machados, tenazes e martelos em profusão.

Ali chegando, Pencroff disse:

— E se desse na cabeça de mestre Jup, durante a nossa ausência, levantar a escada que ontem, tão cortesmente, nos lançou?

— Vamos prendê-la na extremidade inferior — respondeu Cyrus Smith.

E assim eles fizeram, amarrando a escada em duas estacas bem cravadas na areia. Em seguida os colonos seguiram pela margem esquerda do Mercy, e daí a pouco davam a volta no rio. Chegando ali pararam, a fim de examinarem se a ponte devia ou não ser construída naquele local. Depois de alguma análise, ali pareceu ser realmente o local mais conveniente.

Efetivamente, daquele lugar ao porto Balão a distância era de apenas 6 quilômetros, e da ponte ao porto era fácil abrir um caminho para a carroça, que tornaria fáceis as comunicações entre o Palácio de Granito e o sul da ilha.

Cyrus Smith comunicou então aos companheiros seu projeto, simples na execução e de resultados vantajosos, que há muito ele tinha em mente. Consistia em isolar completamente o platô da Vista Grande, a fim de o colocar ao abrigo de qualquer ataque, seja dos animais, seja dos homens. Assim, o Palácio de Granito, as Chaminés, a granja e toda a parte superior do platô, destinado ao plantio, ficariam protegidas.

O projeto era simples, já que o platô estava defendido por correntes naturais de água. A noroeste, pela margem do lago Grant, desde o ângulo deste, que se apoiava na boca do antigo escoadouro, até a portela aberta na margem leste do lago para dar saída às águas. Ao norte, desde a portela até o mar, o platô estava isolado pela nova corrente que cavara o seu leito no platô, bastando só escavar mais o leito do riacho para tornar a passagem impossível para qualquer animal. E na parte leste estava protegido pelo próprio mar, desde a embocadura do mencionado riacho até á foz do Mercy. Ao sul, estava protegido desde a foz até a volta do rio, onde devia construir-se a ponte.

79

Portanto, restava apenas o lado oeste do platô, compreendido entre a volta do rio e o ângulo sul do lago, numa extensão de menos de 2 quilômetros, completamente aberto e acessível. Entretanto, era facílimo abrir uma vala larga e profunda, que as águas do lago haviam de encher, despejando-se o excedente delas por uma segunda queda de água no leito do Mercy.

O nível do lago por certo havia de baixar um pouco por causa deste novo derreamento de águas; Cyrus Smith, porém, certificara-se de que a quantidade de água fornecida pelo riacho Vermelho era suficiente para tornar possível a execução do seu projeto.

— Desta forma — continuou o engenheiro, — o platô da Vista Grande transforma-se numa verdadeira ilha, rodeada de água por todos os lados, e não se comunica com o resto de nossos domínios senão pela ponte que vamos lançar sobre o Mercy, pelos dois pontilhões já construídos, e finalmente por dois outros pontilhões, que se devem construir, um sobre a vala cuja abertura eu propus, e outro na margem esquerda do Mercy. Ora, podendo levantar-se tanto a ponte, quanto os pontilhões, o platô ficaria protegido de qualquer ataque.

Para melhor explicar o seu projeto, Cyrus havia desenhado a planta do platô, de forma a que todos compreendessem sua idéia. O plano foi unanimemente aprovado, e Pencroff, brandindo seu machado de carpinteiro, exclamou:

— À ponte, vamos primeiro à ponte!

E era esta, realmente, a obra mais urgente. Os colonos trataram de escolher a madeira, transformando-a em traves, toros e tabuões. A ponte devia ser fixa na margem direita do Mercy, e móvel na margem esquerda, de modo que pudesse levantar-se por meio de contrapesos, como certas pontes de dique.

É fácil perceber que a obra era de vulto, e apesar de habilmente dirigida, levou ainda algum tempo, porque o Mercy tinha naquele lugar uns 6 metros de largura. Por conseqüência, foi preciso meter pregões no leito do rio, para agüenta-

80

rem o tabuleiro fixo da ponte, e assentar um bate-estaca para bater as cabeças dos estacões, que deviam formar dois arcos, para que a ponta pudesse suportar grandes cargas.

Por sorte não faltava a ferramenta necessária para trabalhar as madeiras, nem as peças de ferro para ligar e consolidar estas, nem o engenho de um homem que entendia às mil maravilhas de todas estas obras, nem enfim o zelo dos companheiros, que em sete meses de atividade tinham forçadamente adquirido grande habilidade manual. E, verdade seja dita, Gedeon Spilett não era o menos jeitoso, competindo em destreza com o próprio Pencroff, "que nunca ousara esperar tanto de um simples jornalista"!

A construção da ponte do Mercy levou três semanas. Os trabalhadores almoçavam no próprio local, e, como o tempo estava magnífico, só voltavam ao Palácio de Granito na hora do jantar.

Durante este espaço de tempo, verificaram que mestre Jup ia se familiarizando com seus novos amos, a quem mirava sempre com ar de grande curiosidade. Pencroff, entretanto, por cautela, não o deixava totalmente livre, esperando para isso que o platô ficasse completamente cercado. Top e Jup davam-se muito bem, sempre brincando um com o outro; Jup, porém, fazia tudo com certo ar de gravidade.

A 20 de novembro ficou concluída a ponte. A parte móvel dela, equilibrada por contrapesos, jogava perfeitamente, bastando um ligeiro esforço para a levantar, entre a charneira e a última travessa em que a ponta móvel vinha apoiar-se quando descia, o intervalo era de uns seis metros, largo o bastante para que nenhum animal pudesse transpô-lo.

Concluída esta obra, tratou-se logo de ir buscar o balão, que os nossos colonos tinham pressa em guardar em lugar seguro; para isso, porém, precisavam de levar a carroça até porto Balão, e por conseqüência, abrir caminho através da floresta de Faroeste. Tudo isso exigia um certo tempo. Por esta razão, Nab e Pencroff trataram de fazer primeiro um reconhecimento até ao porto, e

81

como se certificaram de que o "imenso farrapo de pano" não sofrera nenhum estrago na gruta onde fora guardado, decidiu-se prosseguir sem interrupção os trabalhos relativos à defesa do platô da Vista Grande.

— Feito estes trabalhos de defesa — notou Pencròff, — poderemos estabelecer nossa granja em melhores condições, sem receio de que seja visitada pelas raposas ou outro animal qualquer.

— Além disso — acrescentou Nab — poderemos fazer um cultivo no platô, uma horta...

— E preparar nosso segundo campo de trigo — exclamou o marinheiro, com ar triunfante.

O primeiro campo de trigo, apesar de ter sido semeado com um único grão, prosperara admiravelmente, graças aos cuidados de Pencroff; a colheita fora de dez espigas, como prenunciara o engenheiro, e, como cada espiga tinha uns oitenta grãos, a colônia tinha agora oitocentas sementes, obtidas em seis meses, circunstância esta que assegurava uma boa colheita dupla em cada ano.

Estes oitocentos grãos, à exceção de uns cinqüenta, que por prudência ficaram de reserva, deviam ser semeados novamente, e cultivados com tanto cuidado como fora o primeiro e único grão.

Depois de prepararem a terra, os colonos a cercaram com uma forte paliçada, alta e pontiaguda, para que nenhum animal a transpusesse. Para afastar as aves foram suficientes uns espantalhos medonhos e uns grandes torniquetes de guincho, produtos da imaginação exaltada e caprichosa de Pencroff. Só então é que semearam as setecentas e cinqüenta sementes nos sulcos perfeitamente regulares.

Em 21 de novembro, Cyrus Smith começou a delinear a vala destinada a fechar o ingresso do platô pelo lado oeste, desde o ângulo sul do lago Grant até a volta do Mercy. O terreno ali consistia numa camada de dois a três pés de terra

Para afastar as aves foram suficientes uns espantalhos medonhos.

vegetal, assentando imediatamente sobre o granito. Foi necessário fabricar então nova porção de nitroglicerina, e dali a menos de quinze dias, estava aberta no duro chão do platô uma boa vala com cerca de 2 metros de largura, por 1 metro de fundura. Ali correu um novo rio, que retirou suas águas do lago Grant, e que ficou conhecido como riacho Glicerina, tornando-se um novo afluente do Mercy. O nível do lago, como o engenheiro previra, baixou de forma quase imperceptível. Enfim, alargou-se notavelmente, para completar a cinta de defesa, o riacho que corria na praia, segurando as areias por meio de dupla paliçada.

Na primeira quinzena de dezembro todos estes trabalhos foram concluídos definitivamente, e o platô da Vista Grande ficou fechado e protegido contra qualquer invasão, formando uma espécie de pentágono irregular com cerca de seis quilômetros de perímetro e rodeado por uma cinta líquida.

Durante todo o mês de dezembro o calor foi intenso. Os colonos, no entanto, não quiseram suspender a execução dos projetos em cuja realização estavam empenhados, e como a construção da granja era urgente, trataram de se organizar.

Agora que o platô estava completamente fechado, mestre Jup ganhou completa liberdade. Além disso, ele andava sempre junto aos donos, e jamais demonstrou vontade de fugir. Era um animal manso, apesar de ser robusto e de uma agilidade espantosa. Ninguém conseguia rivalizar-se com ele, quando se tratava de trepar num pulo a escada do Palácio de Granito. Os colonos já o empregavam em certos trabalhos, como carregar cargas de lenha ou pedras extraídas do leito do riacho Glicerina.

A granja ocupou uma extensão de cerca de 10 metros quadrados, num local escolhido na margem sueste do lago. Cercando este terreno com uma paliçada, construíram abrigos para os animais que iriam povoar a granja. Os abrigos eram pequenas choças de ramos, divididas em repartimentos.

84

Os primeiros membros da granja foi o casal de tinamus, que dali a pouco tempo deu uma grande ninhada de pintos. A este casal e sua prole, sucederam-se meia dúzia de patos, que antes habitavam as margens do lago, e depois "aletores", capturados por Harbert. Dali a pouco, pelicanos, guarda-rios e galinhas-d´água vieram espontaneamente beber e comer na granja; e depois de algumas lutas e discórdias, aquela pequena sociedade, piando daqui, arrulhando dali, cacarejando além, acabou por se entender, aumentando em proporção própria para tranqüilizar quem se ocupasse da alimentação futura da colônia.

Cyrus Smith, que também quis completar a sua obra, fez construir um pombal a um canto da granja. Neste pombal colocaram uma dúzia de pombos, daqueles que freqüentavam os altos rochedos do platô. Estas aves habituaram-se facilmente a vir dormir todas as noites em sua nova habitação, e mostraram mais propensão para a domesticidade do que os pombos selvagens, que de mais a mais só se reproduzem em liberdade.

Finalmente era chegado o momento de se fazer uso do balão, para se fabricar roupa branca. Os colonos nem pensavam em fugir da ilha Lincoln usando o balão, tendo que atravessar um mar quase sem limites. Isso era coisa para gente sem qualquer outra opção, e Cyrus Smith, com o seu espírito prático, não era homem de pensar em tal possibilidade.

Tudo dependia, agora, de transportar para o Palácio de Granito o balão, e os colonos trataram de tornar a carroça que possuíam mais leve e fácil de se manobrar. Veículo já tinham, precisavam agora encontrar uma espécie de motor! Não existiria na ilha uma espécie qualquer, capaz de substituir o cavalo, o burro, o boi ou a vaca? Esta era a questão.

— Um bom jumento seria de enorme utilidade, ao menos até o senhor Smith construir um carro a vapor, ou uma locomotiva; porque, tenham certeza, qualquer dia teremos uma estrada de ferro ligando o Palácio de Granito até o porto Balão, e até mesmo um ramal para o monte Franklin!

E o bom e honrado marinheiro falava assim porque acreditava no que dizia! O quanto a imaginação, aliada à boa-fé, não pode!

Deixando de lado o exagero, Pencroff se contentaria com um animal capaz de puxar a carroça, e a Providência, que o protegia, não o fez esperar muito tempo.

Um dia, 23 de dezembro, os colonos escutaram Nab a berrar e Top a ladrar com tal força, que pareciam estar desafiando algo; todos correram para saber o que se passava, receando ter acontecido algum acidente desagradável.

Mas o que viram? Dois magníficos animais de grande porte, que tinham se aventurado platô adentro, ao verem os pontilhões abertos. Pareciam dois cavalos, ou melhor dizendo dois grandes burros, um macho e uma fêmea; as formas eram delgadas, a cor baia, as pernas e o rabo brancos, zebrados de listas brancas na cabeça, no pescoço e no tronco. Os animais avançavam tranqüilos, sem darem o menor sinal de inquietação, e olhando vivamente para aqueles homens, nos quais ainda não reconheciam os futuros senhores.

— São jumentos! — exclamou Harbert.

— E porque não podem ser burros? — perguntou Nab.

— Porque não têm as orelhas compridas como eles, e porque têm formas mais graciosas!

— Burro ou jumento — replicou Pencroff, — o caso é que são "motores", como diria o senhor Cyrus; nessa qualidade, eu os considero como boas presas!

E o marinheiro, procurando não assustar os dois animais, meteu-se por entre as ervas em direção ao pontilhão do riacho Glicerina, os fez descer e aprisionou os dois jumentos.

Feito isso, agora a questão era domesticá-los. Os colonos resolveram usar de paciência: deixaram os animais em liberdade alguns dias pelo platô, onde abundavam pastos, e o engenheiro construiu uma cavalariça, onde os jumentos encontrariam além de uma boa cama, abrigo contra os rigores da noite.

A magnífica parelha ficou livre, e os colonos trataram de não assustá-los, evitando se aproximarem. Mas, apesar disso, os jumentos mais de uma vez deram sinais de que sentiam necessidade de sair do platô, lugar apertado em demasia para quem, como eles, estava habituado aos vastos espaços e às florestas profundas. Nestas ocasiões, os colonos os viam seguir ao longo da cintura líquida que lhes impedia a saída, soltando zurros agudos, e depois galoparem através do pasto, até se acalmarem e ficarem horas esquecidas contemplando os grandes bosques, aos quais não tinham mais acesso.

Os colonos fabricaram arreios e rédeas de fibras vegetais, e poucos dias depois da captura dos jumentos, a carroça estava pronta para ser atrelada. Abriu-se uma estrada através da floresta de Faroeste, desde a volta do Mercy até o porto Balão, o que possibilitava a passagem da carroça, e no final de dezembro, fizeram-se as primeiras tentativas para se atrelar os jumentos.

Pencroff já conseguira fazer com que os animais viessem comer em sua mão, e eles já deixavam os homens aproximarem-se sem dificuldade; mas, ao serem atrelados à carroça, levantaram-se e estrebucharam de tal forma que foi difícil contê-los. Dali a pouco, porém, estavam domados e acostumados ao novo serviço que deles era exigido.

Naquele dia, a colônia inteira, com exceção de Pencroff, que ia adiante, meteu-se na carroça e foi até porto Balão. Saltos e solavancos não faltaram naquela estrada, apenas esboçada; mas o veículo chegou ao seu destino sem maiores obstáculos, sendo possível ainda naquele mesmo dia carregar o invólucro e diferentes partes do balão.

Por volta das oito da noite, a carroça, depois de passar a ponte do Mercy, voltava pela margem esquerda do rio, até ao praia. Os jumentos foram desatrelados e conduzidos à estrebaria e Pencroff estava tão satisfeito com o serviço deles que, antes de adormecer, soltava suspiros de satisfação, que retumbavam pelo Palácio de Granito.

8

MESTRE JUP

A primeira semana de janeiro foi empregada na feitura de roupa branca, de que a colônia tanto necessitava. As agulhas encontradas no caixote funcionaram seguras por dedos robustos, e se lhes faltava delicadeza, não se pode dizer que não deram conta do recado.

Linha para costurar não faltou, graças à idéia que Smith teve de usar outra vez da que já servira para costurar o próprio balão. As grandes tiras foram descosidas, ponto por ponto, com admirável paciência, por Gedeon Spilett e Harbert, porque Pencroff teve que abandonar este trabalho, que tanto o impacientava, em favor da costura, na qual ninguém o igualava. É que os marinheiros, em geral, acabam por aprender e bem o ofício de costureiro.

Os pedaços de tela que compunham o balão foram, depois de descosidos, lavados com soda e potassa, de tal forma que o tecido de algodão, livre do verniz e da sujeira, readquiriu sua flexibilidade e elasticidade natural, e assim que foi submetido ao descoramento, tornou-se perfeitamente branco.

Assim foram feitas algumas dúzias de camisas e de pares de meias. Que alegria para os colonos vestirem, enfim, roupa branca e lavada, apesar de um pouco áspera, e também de se deitarem entre lençóis, que transformaram os catres do Palácio de Granito em verdadeiras camas.

Também por esta mesma época é que se fez o calçado de pele de foca, que veio mesmo a propósito para substituir os sapatos e botas que os colonos possuíam. Os novos calçados eram largos, bem folgados, e nunca incomodaram quem os usou.

Com o começo do ano de 1866 o calor tornou-se persistente, mas as caçadas não foram abandonadas. Tanto Gedeon Spilett quanto Harbert eram exímios atiradores, e não perdiam um só tiro.

Cyrus sempre lhes recomendava que poupassem munição, e começou desde já a tomar as medidas necessárias para substituir a pólvora e o chumbo que tinham encontrado no caixote, munições estas que ele desejava reservar para mais tarde. Ele não sabia para onde o acaso os lançaria, caso conseguissem deixar a ilha. Assim, era melhor prevenir-se contra o desconhecido, poupando munições e substituindo-as por outras substâncias facilmente renováveis.

Para substituir o chumbo, mineral de que Cyrus não encontrara nem vestígios na ilha, o engenheiro empregou sem grande desvantagem o ferro em grão miúdo, que é fácil de fabricar. Smith podia fabricar pólvora se quisesse, porque tinha à sua disposição salitre, enxofre e carvão; a preparação da pólvora, porém, exige extremo cuidado, sendo difícil fabricá-la sem utensílios e ferramentas especiais.

Por isso, o engenheiro preferiu fabricar piroxila, uma variedade da nitrocelulose, e como a celulose é um tecido elementar dos vegetais, encontrando-se em estado de quase perfeita pureza não só no algodão, mas no cânhamo e no linho, e também no sabugueiro, entre outros. Por coincidência, na ilha, especialmente nas proximidades da embocadura do riacho Vermelho, havia muitos sabugueiros. A baga destes arbustos era já utilizada há muito tempo pelos colonos, para substituir o café.

A outra substância necessária para fabricar a piroxila era o ácido azótico ou nítrico. Ora, como Smith tinha à sua disposição ácido sulfúrico, o ácido azótico seria fácil de fabricar, pois o salitre lhe era fornecido pela natureza abundantemente.

O engenheiro, então, se dispôs a fabricar piroxila, mesmo reconhecendo-lhe os graves inconvenientes, tais como a excessiva inflamabilidade, a desigualdade de efeitos, e finalmente a deflagração instantânea, que pode estragar as armas de fogo. Em compensação, a piroxila tem suas vantagens: não se altera com a umidade, não suja os canos das armas, e desenvolve força propulsiva quatro vezes maior que a pólvora.

Para obter piroxila, basta mergulhar a celulose, por um espaço de quinze minutos, em ácido nítrico, lavar com muita água e secar. O processo era bem simples. Por conseqüência, dali a pouco os caçadores da ilha tinham à sua disposição uma substância que deu excelentes resultados.

Por aquela época os colonos cultivaram os três acres do platô da Vista Grande, ficando o restante como pastagem natural para os jumentos. Fizeram também numerosas excursões às florestas do Jacamar e Faroeste, onde colheram vegetais selvagens, tais como espinafre, agrião, rábano e rabanetes, que deviam enriquecer a alimentação dos colonos da ilha Lincoln. Estocaram também quantidades notáveis de lenha e carvão. Cada excursão era, ao mesmo tempo, um meio de melhorar a estrada, cujo calçamento ia afundando gradualmente sob as rodas da carroça.

A ostreira, disposta no meio dos rochedos da praia, dava excelente quantidade de moluscos, assim como a carne de coelho não faltava à cozinha do Palácio de Granito. Além disso, a pesca, quer seja nas águas do lago, quer na corrente do Mercy, dentro em pouco também deu grandes resultados, já que Pencroff instalara ali linhas fixas, armadas de anzóis de ferro, onde caíam freqüentemente belas trutas e outros peixes saborosos. Assim, Nab podia variar sempre as refeições. O que ainda faltava era o pão, e esta privação era a que mais os incomodava.

Por aquela época, os colonos empreenderam caçadas às tartarugas marítimas, freqüentadoras das praias do cabo da Mandíbula. Neste local a praia estava cheia de ninhos, que continham ovos de casca branca e dura, que não se estragavam no sol. Como cada tartaruga pode pôr, anualmente, até duzentos e cinqüenta ovos, a quantidade era considerável.

90

— É uma verdadeira plantação de ovos, só precisamos colhê-los — notou Gedeon Spilett.

Os colonos, porém, não se contentaram só com isso, e também caçaram as tartarugas, que forneceu-lhes carne de grande valor nutricional. O caldo de tartaruga, temperado com ervas aromáticas e enriquecida com couve e repolho, rendeu muitos elogios a Nab.

Uma feliz coincidência permitiu aos colonos fazerem novas reservas para o inverno. É que grandes cardumes de salmões aventuraram-se Mercy adentro, subindo rio acima pelo espaço de muitos quilômetros. Era a época das fêmeas buscarem um local próprio para desovarem, e os machos as precedem, fazendo grande ruído através das águas doces. Assim, bastou aos colonos construírem alguns tapumes e represas, colhendo grande quantidade deles. Desta forma, eles apanharam centos e centos de salmões, que foram salgados e guardados para a época invernosa, em que a pesca se torna impraticável, já que o rio congela.

Por aquela época, o inteligentíssimo Jup foi promovido às funções de criado de quarto. Já andava vestido com um jaleco e calças curtas de pano branco, e com um avental cujos bolsos eram para o macaco verdadeira felicidade, porque ali metia as mãos e não permitia que ninguém as visse. Esperto como era, o orangotango foi admiravelmente ensinado por Nab, a ponto de parecer que os dois se compreendiam quando conversavam. De resto, Jup dedicava a Nab grande simpatia, a qual era correspondida. Quando Jup não estava buscando lenha, ou apanhando algum fruto no alto das árvores, ele passava seu tempo na cozinha, procurando imitar Nab em tudo. Enfim, o mestre mostrava uma paciência e um extraordinário zelo em instruir o discípulo, e este por seu lado, não querendo ficar para trás, dava provas de notável inteligência, aproveitando bem as lições do mestre.

Por tudo isto pode se apreciar a satisfação dos colonos quando Jup se apresentou um dia, sem que eles esperassem,

91

servindo a mesa com um guardanapo no braço. O orangotango, sempre gentil, atento, desempenhou seu papel com perfeição, mudando pratos, trazendo iguarias, enchendo os copos com tanta seriedade, que serviu de divertimento a todos os colonos, especialmente Pencroff, que ficou entusiasmado:

— Sopa, Jup!

— Um pouco de cutia!

— Um prato, Jup!

Não se escutavam senão estas frases à mesa, e Jup, sem nunca se atrapalhar, dava conta de tudo, e até dizia sim com movimentos de cabeça, quando Pencroff, brincando, lhe dizia:

— Decididamente, Jup, não há outro remédio senão aumentar o seu pagamento!

Nem é preciso dizer que o orangotango já estava perfeitamente integrado ao Palácio de Granito, e que por vezes acompanhasse os donos à floresta, sem que jamais manifestasse o menor desejo de fugir. Era coisa digna de se ver, o bom macaco, andando de uma maneira engraçadíssima, levando ao ombro, como se fosse uma espingarda, a bengala que Pencroff lhe fizera! Se havia necessidade de colher qualquer fruto no alto de uma árvore, lá estava Jup. Se a roda da carroça se enterrava na lama, era espantoso ver com que força Jup, ao primeiro empurrão, retirava a roda.

— Olhem bem este fortão! — exclamava Pencroff. — Se ele tivesse tanto de maldade, quanto tem de bondade, ninguém levaria a melhor com ele!

Lá para o fim de janeiro é que os colonos empreenderam grandes trabalhos na parte central da ilha. Como já dissemos, os colonos tinham resolvido construir junto às nascentes do riacho Vermelho, ao pé do monte Franklin, um curral destinado a alojar os ruminantes, cuja presença no Palácio de Granito seria incômoda, especialmente os carneiros selvagens, que forneceriam lã para as roupas de inverno.

Todas as manhãs, a colônia, por vezes toda, mas na maioria das vezes representada apenas por Cyrus Smith, Harbert

Jup passava seu tempo de folga na cozinha, procurando imitar Nab em tudo.

e Pencroff, ia até as nascentes do riacho, o que, com o auxílio dos jumentos, era um passeio de 8 quilômetros, sob uma vegetação exuberante, pelo caminho recentemente aberto, que ficou conhecido pelo nome de "estrada do Curral".

A pouca distância desta nascente, o engenheiro tinha escolhido um lugar vasto, no reverso da encosta meridional da montanha. O lugar era plano, com poucas arvores, perto de um contraforte que o fechava por um dos lados. Este plano era cortado em diagonal por um ribeirão que nascia na encosta e ia perder-se nas águas do riacho Vermelho. A grama era fresca, e a raridade do arvoredo permitia que o ar circulasse livremente. Assim, bastava levantar em torno uma cerca circular, que terminasse apoiada ao contraforte, com altura suficiente para que nem mesmo o mais ágil dos animais pudesse saltá-la. O local devia ter capacidade suficiente para conter, além de um cento de animais, carneiros selvagens ou cabras silvestres, as crias que viessem a nascer. O perímetro do curral então foi traçado pelo engenheiro, sendo necessário cortar as árvores para a construção da cerca.

Na parte anterior da cerca fizeram uma entrada ampla, fechada com uma porta com dois batentes feitos de madeira resistente, que ainda haviam de ser consolidados por trancas exteriores.

A construção do curral não levou menos de três semanas, porque além dos trabalhos de demarcação, Cyrus Smith construiu vasto galpão, onde os ruminantes pudessem buscar abrigo. De resto, todas estas construções tiveram de ser feitas com grande solidez, porque os carneiros selvagens são animais robustos. As estacas, aguçadas na extremidade superior, endurecidas a fogo, foram ligadas por um sistema de travessas cavilhadas. Além disso, de espaço a espaço, uma escora dava ainda mais segurança ao conjunto da cerca.

Concluídas as obras do curral, o que era preciso fazer era uma grande batida ao pé do monte Franklin, no meio das pastagens freqüentadas pelos animais. Esta operação foi realizada em 7 de fevereiro, num belo dia de verão, e toda a colônia tomou parte nela. Os dois jumentos, que já estavam sofrivelmente ensinados, montados por Spilett e Harbert, prestaram relevantes serviços nesta ocasião.

A manobra consistiu unicamente em juntar os carneiros e cabras, apertando cada vez mais o círculo em torno deles. Assim, Smith, Pencroff, Nab e Jup ficaram postados em diferentes pontos da mata, ao passo que os dois cavaleiros e Top galopavam num espaço de meio quilômetro em torno do curral.

Os carneiros selvagens abundavam naquela parte da ilha, e eram belos animais, cobertos por uma lã pardacenta mesclada de compridas sedas.

A caçada foi na verdade fatigante! Todo o dia os colonos andaram de cá para lá; correndo daqui para acolá! E mil gritos foram proferidos! De um cento de carneiros encerrados no círculo da batida, mais de dois terços conseguiram escapar; mas no final, uns trinta carneiros e umas dez cabras silvestres acabaram por entrar no curral.

O resultado foi considerado satisfatório, e os colonos não viram razão para se queixar. A maior parte dos animais capturados eram fêmeas, algumas das quais próximas a darem cria. Portanto, era certo que o rebanho ia prosperar, e que numa época próxima haveria fartura de lã e pele.

Naquele noite os colonos voltaram ao Palácio de Granito exaustos. Mas nem por isso deixaram de ir ao curral no dia seguinte. Os animais presos, como já se supunha, tentaram derrubar a cerca, mas não conseguiram, e já estavam mais sossegados.

O mês de fevereiro passou-se sem nenhum fato especial. Os trabalhos cotidianos prosseguiram metodicamente, enquanto se melhoravam as estradas do curral e de porto Balão, e começou-se uma terceira em direção à costa ocidental. A parte da ilha Lincoln, onde se erguiam as grandes matas que cobriam a península Serpentina continuava desconhecida e inexplorada.

Antes que o inverno voltasse, os colonos também prestaram assíduos cuidados à horta que haviam iniciado no platô da Vista Grande. Harbert não voltava de uma só excursão sem trazer algum vegetal útil. Um dia era um vegetal cuja semente, espremida, dava um excelente azeite; outro dia algum com propriedades antiescorbúticas; ou então alguma espécie de batata.

A horta, bem cultivada, regada, e defendida das aves, já fornecia alface, rabanete e rábano, entre outras. A terra do platô era prodigiosamente fecunda, sendo portanto de esperar que as colheitas ali fossem abundantes.

Não faltava também variedade de bebida para os colonos, e o mais difícil de contentar, a não ser que quisesse vinho, não tinha razão de queixa. Além de chá, havia também cerveja, fabricada por Smith, que era bem agradável.

A granja também dava bons resultados, e já havia ali uma dezena de aves.

Como se vê, graças à atividade daqueles homens inteligentes e corajosos, tudo estava dando bom resultado, todas as empresas e tentativas eram bem sucedidas. A providência também, era certo, os ajudava e muito; e aqueles homens religiosos, tratavam de se ajudarem, para que Deus os ajudasse; e Deus os ajudava!

Ao fim daqueles dias agradáveis, ao anoitecer, quando os trabalhos terminavam, no momento em que se levantava a brisa do mar, os colonos gostavam de se sentar junto à orla do platô da Vista Grande, abrigados por uma espécie de caramanchão coberto de trepadeiras, que Nab construíra. Ali conversavam, instruíam-se, faziam planos e projetos, e o bom humor do marinheiro divertia a pequena sociedade, na qual nunca cessara de reinar a mais perfeita harmonia.

Falavam também da pátria. Em que teria dado a guerra da secessão? Prolongar-se mais não podia! Richmond caíra por certo, sem demora, em poder do general Grant! A tomada da capital dos confederados devia ter sido o último ato daquela luta funesta! E o Norte triunfara com a boa causa. Ah! Como seria bem-vindo um jornal para os exilados da ilha Lincoln! Já havia onze meses que eles estavam isolados do resto da humanidade, e dentro em pouco, a 24 de março, completaria um ano que o balão os arrojara naquela costa ignorada! Nessa época eles eram simples náufragos, que nem sequer sabiam se conseguiriam sobreviver! Agora, graças ao tino e sabedoria de seu chefe, graças à inteligência de cada um deles, eram verdadeiros colonos, munidos de armas, ferramentas, instrumentos, que tinham sabido aproveitar em proveito próprio os animais, plantas e minerais da ilha!

Sim! Várias vezes conversaram sobre tudo isto, e quantos planos e projetos de futuro eles faziam!

Smith permanecia quase sempre silencioso, escutando mais do que falando. Às vezes sorria ao escutar alguma reflexão de Harbert, ou alguma das saídas de Pencroff, mas sempre, sempre, pensava nos fatos inexplicáveis, no estranho enigma, cujo segredo não conseguira ainda desvendar!

9

A FÁBRICA DE VIDRO

N a primeira semana de março o tempo mudou. No princípio do mês fora lua cheia, e o calor continuava excessivo. Sentia-se que a atmosfera estava carregada de eletricidade. Havia motivos para se recear um período de borrascas.

Efetivamente, no dia 2, houve uma violenta tempestade. O vento soprava de leste, contra a fachada do Palácio de Granito, ressoando como um tiro de metralha. Se não fechassem depressa as portas e janelas, o interior da habitação teria inundado.

Pencroff, ao ver cair aqueles granizos enormes, só se preocupava com sua plantação de trigo. Sem perda de tempo correu ao campo, onde as espigas já começavam a levantar sua pequena cabeça verde, e conseguiu proteger sua colheita, cobrindo-a com um toldo de pano grosso. Verdade que sofreu com os granizos, mas nem se queixou.

O mau tempo durou uns oito dias, durante os quais os trovões não deixaram de retumbar nas profundezas do céu. Entre uma e outra tempestade sempre se ouvia o surdo troar fora dos limites do horizonte, e então a tempestade voltava com fúria redobrada. O céu estava listrado de relâmpagos, e um raio feriu, entre muitas outras árvores da ilha, um enorme pinheiro que se erguia junto do lago na orla da floresta. Duas ou três vezes os raios também vieram dar na praia, fundindo e vitrificando a areia. Quando o engenheiro encontrou aquelas

Pencroff sofreu com os granizos, mas nem se queixou.

fulguritos, pensou em guarnecer as janelas com vidros grossos e sólidos, que pudessem agüentar vento e chuva.

Com o mau tempo, os colonos aproveitaram para trabalhar no interior do Palácio de Granito, cujo arranjo interno ia se aperfeiçoando e completando mais. O engenheiro instalou um torno, com o qual pôde tornear certo número de utensílios de vestuário e de cozinha, especialmente botões, cuja falta se sentia mais. Instalara-se também um cabide para o armamento, que estava limpo e bem cuidado. Prateleiras, armários e estantes nada deixavam a desejar. Os colonos serravam, aplainavam, limavam, torneavam a toda hora; durante todo o período de mau tempo não se ouvia senão o barulho das ferramentas e o roncar do torno, que respondia ao retumbar dos trovões.

Mestre Jup não fora esquecido; pelo contrário, tinha o seu quarto à parte, junto do armazém, com o beliche sempre cheio de boa palha, cama que ele apreciava e muito.

— Com o bom Jup nunca há reclamações — repetia Pencroff, muitas vezes. — Nem mesmo respostas malhumoradas! Que criado, Nab! Que criado!

— Meu discípulo — respondia Nab, — e daqui a pouco vai valer tanto quanto o mestre.

— Mais, Nab, mais! — replicava o marinheiro, rindo. — Você fala sempre, e ele nem isso!

Jup já conhecia perfeitamente o serviço: arrumava as roupas, varria os quartos, servia a mesa, arrumava a lenha e, particularidade notável que era o encanto de Pencroff, nunca ia se deitar sem vir primeiro aconchegar o estimável marinheiro na cama.

Quanto à saúde dos diferentes membros da colônia, fossem homens ou animais, nada havia a desejar. Com a vida que passavam ao ar livre, naquela zona temperada, trabalhando o corpo e a mente, os colonos não pensavam sequer em doenças.

De fato, todos passavam bem. Harbert crescera 5 centímetros num ano. O rosto do rapaz ia-se compondo e tornando-se mais enérgico; ele prometia vir a ser um homem tão perfeito no físico como no moral. De mais a mais, aproveitava-se para se instruir em todas as oportunidades, lia os livros que encontraram no, caixote, e também aproveitava para aprender com o engenheiro, na parte de ciências, e com o repórter, no tocante a línguas, mestres para quem era um verdadeiro prazer completar-lhe a educação.

A idéia fixa do engenheiro era transmitir ao mocinho todo o seu conhecimento científico, e Harbert tirava amplo proveito das lições.

— Se eu morrer — pensava Smith, — ele é quem irá me substituir!

O período tempestuoso terminou no dia 9 de março; o céu, porém, conservou-se coberto de nuvens durante todo o último mês de estio. Havia muita eletricidade na atmosfera, e somente três ou quatro dias foram realmente bons, sendo logo aproveitados para toda a espécie de excursão. Os dias continuavam chuvosos e enevoados.

Por aquela época a jumenta deu à luz uma a uma fêmea, que cresceu saudável. No curral também houve aumento notável do rebanho de carneiros; para grande satisfação de Harbert e Nab, que escolheram logo seus favoritos entre os recém-nascidos, grande número de cordeirinhos balia sob o galpão.

Tentou-se também criar porcos-do-mato, e os colonos foram bem sucedidos. Perto da granja foi montado um chiqueiro, que aos poucos também se enchia de leitõezinhos, engordando sob os cuidados e vigilância de Nab. Mestre Jup, que era o encarregado de lhes levar a comida, água, etc, desempenhava conscienciosamente a incumbência. Uma vez por outra o macaco divertia-se à custa dos leitões, puxando-os pelo rabo, mas era brincadeira, e não maldade.

Num dia deste mês de março, Pencroff, conversando com o engenheiro, recordou-lhe uma promessa que Cyrus ainda não tivera ocasião de cumprir.

101

— Senhor Cyrus — disse o marinheiro, — o senhor não falou de um aparelho que iria substituir as escadas do Palácio de Granito?

— Um elevador! — respondeu Cyrus Smith.

— Vamos chamá-lo de elevador, então. O nome pouco importa, contanto que o aparelho nos leve, sem nos cansarmos, até a porta de casa.

— A coisa é fácil, mas será que vai nos ser útil?

— Certamente, senhor Cyrus. Agora que já arranjamos o necessário, vamos pensar um pouco nos luxos. E olhe que o elevador, mais do que luxo, é coisa realmente indispensável! Trepar por uma comprida escada de corda, carregando carga, não é coisa das mais cômodas não!

— Bem, Pencroff, vou tratar de satisfazer a sua vontade — respondeu Smith.

— Mas, sem maquinismo?

— Vamos fazer um.

— A vapor?

— Não, usando água.

Realmente o engenheiro tinha ali à sua disposição, para manobrar o aparelho, uma força natural, que podia utilizar sem grande dificuldade.

Para conseguir este resultado bastava aumentar a vazão da pequena sangria feita no lago, que abastecia de água o interior do Palácio de Granito. Aumentou-se então o diâmetro do orifício que existia entre as ervas e as pedras que faziam tapume na extremidade superior do antigo escoadouro, e obteve-se assim, no fundo do corredor, uma forte queda de água, cujo excedente escorria pelo poço inferior. Por debaixo da queda de água o engenheiro instalou um cilindro de palhetas, engrossado com uma roda exterior, em que enrolava um grosso cabo, de onde pendia um enorme cesto. Dispostas as coisas desta forma, o cesto podia subir carregado até a porta do Palácio de Granito. Uma corda bem comprida, que chegava ao chão, servia para calçar ou descalçar o motor hidráulico.

A 17 de março o elevador funcionou pela primeira vez, para satisfação geral. Dali por diante toda a espécie de fardos, lenha, carvão, mantimentos, e até os próprios colonos foram içados por aquele sistema tão simples, que passou a substituir a primitiva escada, que não deixou saudades. Top foi quem mais se mostrou satisfeito com este melhoramento, porque não possuía a agilidade de Jup para escalar os degraus, tendo muitas vezes que subir para o Palácio de Granito nos ombros de Nab ou do macaco.

Nesta época Cyrus Smith tentou fabricar vidro, tendo primeiro que rearrumar o antigo forno de louça. O trabalho oferecia algumas dificuldades; o engenheiro, porém, depois de algumas tentativas infrutíferas, conseguiu montar uma oficina para fabricar vidro, de onde Spilett e Harbert, seus ajudantes, não arredaram pé durante uns poucos dias.

As substâncias que entram na composição do vidro são unicamente giz e soda (carbonato ou sulfato).

Ora, areia era só retirar da praia, giz tirava-se da cal; das plantas marinhas extraía-se a soda, das piritas o ácido sulfúrico e do próprio terreno a hulha necessária para aquecer o forno à temperatura exigida pela operação. Portanto, Cyrus Smith estava em condições de fabricar vidro.

A ferramenta que ofereceu maior dificuldade foi a "cauda" do vidreiro, que é um tubo de ferro, de um metro, um metro e meio, que serve para colher por uma das suas extremidades a matéria-prima, mantida em estado de fusão. Pencroff, porém, enrolando uma folha de ferro comprida e delgada em forma de cano de espingarda, conseguiu fabricar uma cânula que dali a pouco estava pronta para ser usada.

No dia 28 de março os colonos aqueceram o forno a uma temperatura elevada, e meteram-lhe dentro uns cadinhos de barro refratário, cheios de uma mistura de substâncias, nas seguintes proporções: cem partes de areia; trinta e cinco de gesso; quarenta de sulfato de soda; duas a três de carvão pulverizado. Assim que a temperatura do forno chegou à intensidade necessária para reduzir esta mistura ao estado líquido, ou melhor, ao estado pastoso, Cyrus Smith colheu com a calha uma certa quantidade de massa pastosa; virou-a e revirou-a em cima de uma chapa metálica, previamente disposta para lhe dar a forma conveniente de separar-se, depois passou a cânula para Harbert, dizendo-lhe que soprasse pela outra extremidade.

— Como se fizesse bolhas de sabão? — perguntou o rapaz.

— Exatamente — respondeu o engenheiro.

E Harbert, inchando as bochechas, soprou com força na cânula, tendo o cuidado de a conservar sempre em movimento de rotação, até conseguir dilatar a massa vítrea. Acrescentou-se então mais substância pastosa a esta primeira, e deste trabalho resultou uma bola oca de meio metro de diâmetro. Chegando as coisas neste ponto, Cyrus tomou a cânula de Harbert, e imprimindo-lhe um movimento de vai-e-vem, como um pêndulo, conseguiu por fim alongar a bola maleável até lhe dar uma forma cilindro-cônica.

A operação de soprar o vidro fundido dera num cilindro terminado por duas calotas hemisféricas que se desprenderam facilmente da massa por meio de um ferro cortante molhado em água fria; em seguida, e pelo mesmo processo, fendeu-se esse cilindro em todo o comprimento, e tornando-se ele maleável por meio de um novo aquecimento, foi estendido numa chapa metálica, e ali aplainado por meio de um rolo de pau.

O primeiro vidro, como acabamos de ver, estava fabricado, e para obter cinqüenta vidros, não havia mais que repetir a operação outras tantas vezes. E dali a pouco as janelas do Palácio de granito estavam envidraçadas, e se o vidro não era muito claro, ao menos era suficientemente transparente.

104

A fabricação de copos, garrafas, frascos, etc, foi brincadeira. De resto, os colonos aceitavam os produtos da fábrica de vidro tais como eles naturalmente apareciam no extremo da cânula. Pencroff tinha pedido que também o deixassem soprar o vidro, o que ele fazia com grande prazer, mas soprava com tanta força, que os produtos que ele obtinha apresentavam sempre formas cômicas, motivo de hilaridade para os companheiros e admiração do autor.

Numa das excursões daquela época, os colonos encontraram uma nova árvore, cujos produtos acrescentaram ainda mais recursos alimentares para a colônia.

Um dia, Cyrus Smith e Harbert, caçando, tinham-se internado pela floresta de Faroeste, para a esquerda do Mercy, e o moço ia, como sempre, fazendo ao engenheiro mil perguntas. Como estavam distraídos, e não sendo Cyrus Smith um grande caçador, a caçada até então não rendera grandes resultados. Mas, de repente, Harbert suspendeu o passo, soltou um grito de alegria e exclamou:

— Ora! Veja aquela árvore, senhor Cyrus!

E dizendo isto, mostrou ao engenheiro uma árvore, ou antes um arbusto, composto apenas de um caule simples, revestido de uma casca escamosa e ornado de folhas listadas de pequenas nervuras paralelas.

— Esta árvore me parece uma palmeira pequena! — disse então Cyrus Smith.

— É uma "cycas revoluta", ela tem um desenho no meu dicionário de história natural!

— Mas não vejo frutos!

— E ela não tem, senhor Cyrus — respondeu Harbert, — mas o tronco contém uma espécie de farinha já moída.

— É a árvore do pão, nesse caso?

— É, sim senhor, é a árvore do pão.

— Sendo assim, meu filho — disse o engenheiro, — esta é uma descoberta preciosa, enquanto não vem a nossa co-

105

lheita de trigo. Mãos a obra, e Deus queira que não esteja enganado!

Harbert não se enganara. Partiu o caule de uma cica, que era composto de tecido glandular, encerrando certa quantidade de medula farinhosa, atravessada por fascículos linhosos, separados por anéis da mesma substância em disposição concêntrica. Com a fécula medular do arbusto estava misturado um suco mucilaginoso de sabor desagradável, mas fácil de separar por meio de pressão. A substância celular era verdadeira farinha, de primeira qualidade, muito nutritiva, cuja exportação fora outrora proibida pelas leis japonesas. Cyrus Smith e Harbert, depois de estudarem a região de Faroeste, onde nasciam as cicas, tomaram notas de alguns pontos e acidentes do terreno para tornarem a encontrar o local, e voltaram para o Palácio de Granito, onde comunicaram aos companheiros a descoberta feita.

No dia seguinte os colonos partiram para a colheita da farinha, e Pencroff, cada vez mais entusiasmado com a sua ilha, dizia para o engenheiro:

— Ora, senhor Cyrus, acha que existem ilhas para náufragos?

— Como assim, Pencroff?

— Ora essa! Quero dizer, ilhas especialmente criadas para se naufragar com conforto, onde os pobres diabos dos náufragos acabam por acomodar a sua vida!

— É possível — respondeu sorrindo o engenheiro.

— É possível que a ilha Lincoln esteja nestas circunstâncias! — disse então o marinheiro.

Os colonos regressaram ao Palácio de Granito com uma boa colheita de caules de cicas. O engenheiro tratou logo de construir uma prensa para a extração do suco mucilaginoso que vem misturado com a fécula, e obteve grande quantidade de farinha que, nas mãos de Nab, se transformou em belos pães e bolos. Não era ainda verdadeiro pão de trigo, mas quase.

Por aquela época também as cabras e ovelhas do curral davam a quantidade de leite necessária para o dia-a-dia da colônia. Por este motivo a carroça fazia viagens freqüentes ao curral, e nas vezes que Pencroff estava encarregado desta missão, ele levava consigo Jup, ensinando-o a guiar, encargo que Jup acabou por desempenhar com sua habitual inteligência.

Como se vê, tudo ia correndo bem e prosperando, tanto no curral quanto no Palácio de Granito, e os colonos só podiam se lamentar por estarem longe da pátria. Além disso estavam acostumados à vida que levavam na ilha, e certamente sentiriam saudade daquele solo hospitaleiro!

Apesar de tudo, o sentimento da pátria é tão profundo no coração de um homem, que se um navio surgisse repentinamente à vista da ilha, os nossos colonos teriam logo feito sinal, a fim de partirem! Enquanto isso não acontecia, porém, viviam uma vida feliz, receando mais do que desejando que um acontecimento viesse interrompê-la.

Mas quem pode se gabar de ter fixado fortuna e de estar ao abrigo dos revezes dela?

Fosse qual fosse o futuro, a ilha Lincoln, que os colonos habitavam há mais de um ao, era por vezes assunto das suas conversações, e um dia alguém fez uma observação que mais para diante devia ser a origem de graves conseqüências.

Foi no 1º de abril, domingo de Páscoa, quando todos estavam descansando e orando. O dia estivera lindo. Ao cair da noite, os colonos achavam-se reunidos debaixo do caramanchão, contemplando as trevas que iam cobrindo o horizonte. Estavam tomando chá, que Nab acabara de servir. Falavam da ilha e da sua situação isolada no Pacífico, quando Spilett disse:

— Já tomou de novo a posição da ilha, agora que possuímos o sextante encontrado no caixote, Cyrus?

— Não — respondeu o engenheiro.

— Pois talvez fosse bom fazer isso, porque este instrumento é mais perfeito do que o método que você usou.

— Para que? — disse Pencroff. — A ilha encontra-se perfeitamente bem onde está.

— Não digo que não — tornou Spilett, — mas é possível que a imperfeição dos aparelhos prejudicasse a exatidão das observações; ora, sendo fácil verificá-las...

— Tem razão, meu caro Spilett — interrompeu o engenheiro, — eu já devia ter feito esta verificação há mais tempo; mesmo achando que, se houve erro, ele não deve ser superior a cinco graus, quer em longitude, quer em latitude.

— Ora! Quem sabe? — tornou o repórter. — Talvez estejamos mais perto de qualquer terra habitada do que imaginamos!

— Amanhã ficaremos sabendo — respondeu Smith, — e se não fossem tantas as ocupações, que não têm deixado um momento de folga, já agora poderíamos saber.

— Ora! — disse Pencroff. — O senhor Cyrus não é homem que se engane; se a ilha não se mexeu, ela deve estar onde ele a pôs!

— Veremos!

Por conta desta conversa, o engenheiro refez as coordenadas da ilha, usando agora o sextante. Na sua primeira observação, a situação da ilha Lincoln era a seguinte:

Em longitude oriental: de 150º a 155º;

Em longitude sul: de 30º a 35º.

A segunda deu exatamente:

Em longitude oriental: 150º 30´;

Em latitude sul: 34º 57´.

Como se vê, apesar da imperfeição dos aparelhos que usara, Cyrus Smith tinha operado tão habilmente que não cometera erro superior a cinco graus.

— E agora — disse Spilett, — visto que temos não só um sextante, mas também um Atlas, meu caro Cyrus, vejamos a posição exata da ilha Lincoln no Pacífico.

108

Harbert foi então buscar o Atlas. Assim que se desdobrou o mapa da Pacífico, o engenheiro preparou-se, de compasso na mão, para marcar nele a posição exata da ilha. Mas, de repente, ele se deteve:

— Encontrei uma ilha nesta parte do Pacífico!

— Uma ilha? — exclamou Pencroff.

— De certo é a nossa! — ponderou Spilett.

— Não é — tornou Smith. — A que está aqui, encontra-se situada a 153° de longitude por 37° 11´ de latitude, isto é, a dois graus e meio para oeste e dois graus a sul da ilha Lincoln.

— E que ilha é essa? — perguntou Harbert.

— A ilha Tabor.

— É uma ilha importante?

— Não, é uma ilhota perdida no meio do Pacífico, onde talvez ninguém nunca desembarcou!

— Pois iremos lá! — disse Pencroff.

— Nós?

— Sim, nós, senhor Cyrus. Construiremos um barco de coberta, que eu me encarrego de dirigir. A que distância estamos da ilha Tabor?

— Cerca de 240 quilômetros a nordeste — respondeu Smith.

— Ora, o que são 240 quilômetros? — observou Pencroff. — Em dois dias, com bom vento, estamos lá!

— Mas para que ir até lá? — espantou-se o repórter.

— Lá nós saberemos. É sempre bom se ver.

E, sem mais discussões, resolveu-se construir uma embarcação, que ficasse pronta para navegar por volta de outubro, quando voltasse a estação do bom tempo.

10

A BALEIA

Quando Pencroff metia uma coisa qualquer na cabeça, não descansava nem deixava ninguém descansar, até que a pusesse em prática. Ora, o marinheiro queria a todo custo visitar a ilha Tabor, e como para a travessia fosse preciso uma embarcação de certas dimensões, era preciso construí-la.

O plano elaborado pelo engenheiro, juntamente com o marinheiro, foi o seguinte:

O barco devia medir 11 metros de quilha e 1 de bojo, — proporções que lhe deviam dar uma boa marcha, se os fundos e as linhas de água ficassem bem construídos, — e não devia ter mais que 2 metros de fundo, tirante de água bastante para não a deixar abater. Devia ser coberto em todo o seu comprimento, com duas escotilhas, que dessem entrada para duas câmaras separadas por um tabique, e armado em sloop, com brigantina, gafetope, vela, balestilha, giba, pano de fácil manobra, azado de arriar em caso de borrasca, e muito favorável para navegar o mais possível na direção do vento. Finalmente, o casco devia ser de bordas livres, isto é, não sobrepostas.

Que espécie de madeira iria se empregar na construção do barco? Olmeiro ou abeto, abundantes na ilha? Escolheu-se o abeto, madeira que tem certa tendência a rachar, mas que é fácil de trabalhar, e agüenta a imersão na água tão bem quanto o olmeiro.

Combinados estes detalhes, determinou-se que, como haveria de decorrer ainda seis meses dali até a estação do bom tempo, Cyrus e Pencroff trabalhariam sozinhos. Spilett e Harbert continuariam encarregados da caça, e Nab e mestre Jup, seu ajudante, não abandonariam os trabalhos domésticos, que estavam a cargo dos dois.

Iniciou-se então a derrubada das árvores, que foram serradas em tabuões e pranchas, tão bem como teriam feito serradores profissionais. Oito dias depois estava preparado, no recanto que existia entre a muralha e as Chaminés, um estaleiro, e entendia-se na areia uma quilha de onze metros de comprimento, com seu cadaste à ré e o talha-mar à proa.

Cyrus Smith não era leigo neste assunto. Conhecia também a construção naval, e antes de começar a obra, desenhara os planos da projetada embarcação. De resto, tinha em Pencroff, que trabalhara durante alguns anos num estaleiro de Brooklyn, e por isso conhecia a prática do ofício, um ajudante formidável.

Pencroff desejava levar ao fim sua nova empresa, e não queria abandoná-la um instante sequer.

Só uma coisa o fez abandonar o seu querido estaleiro. Foi a segunda colheita de trigo, que se realizou em 15 de abril. A colheita teve tão bom resultado como a primeira.

— Cinco alqueires, senhor Cyrus! — disse Pencroff, depois de medir com todo o cuidado suas riquezas.

— Cinco alqueires! — respondeu o engenheiro. — Cento e trinta mil grãos por alqueire, dão seiscentos e cinqüenta mil grãos!

— Pois vamos semear novamente, deixando de lado uma pequena reserva! — disse o marinheiro.

— Muito bem, Pencroff, e se a próxima colheita for tão boa, teremos quatro mil alqueires.

— E comeremos pão?

— Sim, comeremos pão.

— Mas será preciso fazer um moinho!

111

— Pois construiremos o moinho!

Assim, o terceiro campo de trigo foi bem mais extenso que os dois primeiros, e a terra, preparada com o maior cuidado, recebeu a preciosa semente. Feito isso, Pencroff voltou ao seu trabalho predileto.

Neste meio tempo Spilett e Harbert caçavam nas proximidades, e aventuravam-se pelas partes ainda desconhecidas de Faroeste, com as armas carregadas, e prontos para qualquer encontro. O ponto da floresta onde os caçadores tinham chegado era uma alameda apinhada de magníficas árvores. A exploração destas massas florestais era extremamente difícil, e o repórter nunca se metia ali sem levar sua bússola, porque a luz do sol mal podia penetrar a densa folhagem, sendo fácil se perder. Como era natural, a caça era mais rara em tais lugares, apesar disto, os caçadores mataram três kulas. As peles destes animais foram levadas para o Palácio de Granito, onde foram curtidas.

Durante aquelas excursões, fez-se outra descoberta preciosa, se bem que por outros motivos, e esta se deveu a Spilett.

Foi no dia 30 de abril. Os dois caçadores tinham-se metido pela Faroeste adentro, seguindo para sudoeste, quando o repórter, que estava um pouco adiante de Harbert, chegou a uma espécie de clareira em que as árvores, mais raras, deixavam penetrar alguma luz.

A primeira coisa que causou surpresa a Spilett foi o cheiro que exalavam alguns vegetais de caule reto, cilíndrico e ramoso, que produziam flores em cachos, com pequenas sementes. O repórter arrancou duas ou três destas plantas e levou-as para Harbert:

— O que será isto, Harbert?

— Onde encontrou esta planta, senhor Spilett?

— Ali perto, numa clareira. São muitas!

— Pois esta é uma descoberta, senhor Spilett, que vai lhe valer a eterna gratidão de Pencroff!

— Mas, isto é tabaco!

— É, se não for de primeira qualidade, pelo menos é tabaco!

— Ah! O bom Pencroff vai ficar contente! Mas não vai fumar tudo, tem que deixar algo para nós!

— Vamos fazer-lhe uma surpresa! Preparamos as folhas, e um belo dia lhe apresentamos um cachimbo bem recheado!

— Boa idéia, Harbert! E neste dia, Pencroff não vai ter mais nada a desejar no mundo!

Os dois então fizeram uma boa provisão de folhas da preciosa planta e voltaram ao Palácio de Granito, onde esconderam o "contrabando" tão bem, que nem se Pencroff fosse o mais severo dos guardas alfandegários, teria descoberto algo.

Cyrus Smith e Nab foram informados da descoberta, mas o marinheiro nem sequer suspeitou do caso, durante o tempo necessário para secar as folhas, picá-las e submetê-las à torrefação, sobre pedras aquecidas. Tudo isto levou uns dois meses; mas todo o processo foi feito sem que Pencroff desconfiasse, ocupado como andava com a construção do barco, e só voltando para o Palácio de Granito para descansar.

Mais uma vez ainda, e apesar de não desejar, o marinheiro teve que interromper sua ocupação favorita, no dia 1º de maio, por causa de uma pesca em que todos os colonos tiveram que tomar parte.

Havia dias que se tinha avistado no mar, a dois ou três quilômetros da praia, um enorme animal que vogava nas águas da ilha Lincoln. Era uma baleia de grande porte que parecia pertencer a uma espécie chamada "baleia do Cabo".

— Seria uma sorte se a pudéssemos apanhar! — exclamou o marinheiro. — Ah! Se tivéssemos uma embarcação razoável, e um bom arpéu, então eu diria para capturarmos este animal, porque valeria a pena!

— E eu, Pencroff, bem que gostaria de vê-lo manejar o arpéu. Deve ser algo curioso! — disse Gedeon Spilett.

113

— É curioso, e tem os seus perigos — disse o engenheiro. — Mas, como não temos meios de atacar o animal, parece-me inútil pensar em tal.

— O que me espanta é ver uma baleia nesta latitude tão alta — disse o repórter.

— Porque, senhor Spilett? — perguntou Harbert. — Estamos exatamente na parte do Pacífico a que os pescadores ingleses e americanos chamam de "Campo das Baleias", e é precisamente aqui, entre a Nova Zelândia e a América, que se encontra em maior número as baleias do hemisfério sul.

— É verdade — continuou Pencroff, — e até me admiro de não termos visto mais. Mas enfim, já que não podemos caçá-la, pouco importa!

E Pencroff voltou ao seu trabalho, não sem soltar alguns suspiros, porque em todo marinheiro há um pescador, e se o prazer da pesca está na razão direta do volume do animal, imagine-se que soma de prazer terá um baleeiro ao ver uma baleia!

Se fosse só o prazer... Mas uma presa daquela espécie seria de grande proveito para a colônia, não só por causa do azeite, mas também a gordura e suas barbas, teriam muitas utilidades.

Acontece que a baleia que Nab avistara não parecia querer abandonar as águas da ilha. De onde quer que olhassem, os colonos podiam avistá-la, e Nab não largava o binóculo, observando todos os movimentos do animal. O cetáceo, internado na vasta baía da União, sulcava rapidamente as águas, desde o cabo da Mandíbula até o cabo da Garra. Outras vezes o animal chegava tão próximo da ilhota, que os colonos viam-na distinta e completamente, a ponto de reconhecerem uma baleia do sul, toda negra, e com a cabeça mais achatada do que as baleias do norte. Os colonos viam também a baleia expelindo água pelos respiradouros, e esta nuvem de vapor elevar-se a uma grande altura...

Entretanto, a presença do mamífero preocupava os colonos. Principalmente Pencroff, o que acabava por distraí-lo

114

Os colonos reconheceram uma baleia negra, expelindo água pelos respiradouros.

muitas vezes de sua ocupação favorita. O marinheiro desejava tanto a posse da baleia, que até sonhava com ela. Se a chalupa já estivesse em estado de navegar, Pencroff não hesitaria em caçar o animal.

Mas já que os colonos nada podiam fazer, o acaso acabou por ajudá-los: no dia 3 de maio, Nab, postado à janela da cozinha, anunciava aos gritos que a baleia tinha encalhado na praia.

Harbert e Spilett, que já iam saindo para caçar, deixaram as espingardas de lado, Pencroff largou o machado, e Smith e Nab juntaram-se a seus companheiros, encaminhando-se apressadamente para o local.

O encalhe realizara-se na praia da ponta dos Salvados, a pouco mais de 4 quilômetros do Palácio de Granito, na maré alta. Era provável que não fosse fácil para o cetáceo libertar-se. Convinha, em todo caso, andar depressa, para prevenir qualquer tentativa de retirada do animal. Os colonos correram logo para o local, armados de picaretas e chuços, passando a ponte do Mercy, descendo pela margem direita do rio e tomando depois pela praia; em menos de vinte minutos estavam junto do enorme animal.

— Que monstro! — exclamou Nab.

E a expressão era adequada ao fato, porque o animal era uma baleia do sul, com mais de 10 metros de comprimento, um gigante da sua espécie, e que não devia pesar menos de cem toneladas.

Entretanto, o monstro, encalhado na areia, não se movia, procurando voltar à água enquanto a maré ainda estava alta.

Logo que a maré baixou, e os colonos puderam observar perfeitamente o animal, dando a volta no corpo dele, tiveram uma explicação clara de sua imobilidade: o animal estava morto. No flanco esquerdo ainda se via cravado o arpéu que o ferira.

— Haverá baleeiros nestas paragens? — espantou-se Spilett.

— Porque está perguntando isso? — retorquiu o marinheiro.

— Porque estou vendo ali um arpão cravado...

— Ora, senhor Spilett, isso não prova nada. Tem-se notícia de baleias que andaram milhares de milhas com um arpéu cravado no flanco, e não seria de espantar que essa baleia, que veio morrer no sul do Pacífico, tivesse sido ferida no norte do Atlântico!

— Não sei... — começou a dizer Spilett, não muito satisfeito com a explicação de Pencroff.

— O caso é perfeitamente possível — interrompeu Smith.

— Vamos examinar o arpéu, porém. Talvez tenha gravado o nome do navio, como é costume.

E quando Pencroff arrancou o arpéu do flanco da baleia, leu-se a seguinte inscrição:

Maria Stella

Vineyard.

— Um navio de Vineyard! Um navio da pátria! Maria Stella. Belo baleeiro, palavra! Eu o conheço! Ah, meus amigos! Um baleeiro de Vineyard.

E o bom marinheiro, brandindo o arpéu, repetia, comovido, aquele nome que tanto o lembrava sua pátria!

Como, porém, não era de esperar que o Maria Stella viesse reclamar o animal que fisgara, resolveu-se proceder ao esquartejamento dele antes que o cadáver entrasse em decomposição. As aves de rapina, que já espiavam aquela rica presa, queriam já tomar posse dela, sendo preciso afugentá-las a tiro.

A baleia era fêmea, e das tetas retirou-se grande quantidade de leite, que não difere muito do leite da vaca, seja na cor, densidade ou gosto.

Pencroff servira algum tempo num navio baleeiro, e por isso estava habilitado para dirigir metodicamente a operação de esquartejamento, que não era lá muito agradável, e que acabou levando três dias, mas que nenhum dos colonos deixou de terminar, nem mesmo Spilett, que segundo o marinheiro, havia de acabar por se tornar "um ótimo náufrago".

O toucinho da baleia foi cortado em postas paralelas de 60 cm de espessura, dividido depois em pedaços de meio quilo cada um, e afinal derretido em grandes vasos de barro, no próprio local onde o animal fora esquartejado, para não deixar cheiro nas vizinhanças do Palácio de granito. A língua da baleia rendeu 20 litros de azeite, e o lábio inferior 10 litros. Além da gordura do animal, que garantiria por muito tempo as provisões de estearina e glicerina, havia ainda as barbas, que de certo poderiam ser úteis, apesar de ninguém usar guarda-chuva no Palácio de granito. Efetivamente, a parte superior da boca do cetáceo estava armada de ambos os lados por umas oitocentas lâminas córneas, muito elásticas, de textura fibrosa, afiada nas extremidades, semelhantes a dois grandes pentes com dentes compridos que serviam para reter os milhares de peixes e moluscos dos quais a baleia se alimenta.

Terminada a operação, para grande satisfação dos colonos, abandonaram os restos do animal para as aves de rapina, que dentro de poucos dias fizeram desaparecer os últimos vestígios da baleia.

Smith, contudo, antes de voltar a trabalhar no estaleiro, lembrou-se de fabricar certos engenhos que despertaram viva curiosidade em seus companheiros. O engenheiro pegou uma dúzia de barbas de baleia, cortou-as em seis partes iguais e aguçou-as nas pontas.

— Para que serve isso, senhor Cyrus? — perguntou Harbert, quando viu a operação terminada.

— Para matar lobos, raposas, e até jaguares — respondeu o engenheiro.

— Como?

— No inverno, quando houver gelo...

— Não entendo! — respondeu Harbert.

118

— Mas vai entender, meu filho — respondeu o engenheiro. — Estes engenhos não foram inventados por mim, e sim usados com freqüência pelos caçadores aleutianos da América russa. Vêem estas barbas de baleia, amigos? Pois assim que houver gelo, encurvo-as, rego-as com água até que fiquem cobertas por uma capa de gelo que lhes mantenha a curvatura, e as semeio na neve coberta de gordura. O que acontecerá se um animal esfomeado engolir uma destas iscas? Derrete-se o gelo com o calor do estômago, a barba da baleia distende-se e fura-o com as duas pontas afiadas.

— Que coisa engenhosa! — disse Pencroff.

— E que irá nos poupar muita pólvora e bala! — respondeu Smith.

— Isso é melhor que as armadilhas! — acrescentou Nab.

— Vamos esperar pelo inverno, então!

A construção do barco ia avançando, e pelo fim do mês estava meio emadeirado, já dando para se perceber que o barco teria boas condições de enfrentar o mar.

Pencroff trabalhava arduamente, resistindo à fadiga; os companheiros, porém, preparavam-lhe uma recompensa. No dia 31 de maio, o marinheiro deveria ter uma das maiores alegrias da sua vida.

Nesse dia, no fim do jantar, quando Pencroff ia levantar-se da mesa, sentiu que alguém o segurava. Era Gedeon Spilett.

— Espere um pouco, mestre Pencroff. Não vai querer sobremesa?

— Não, obrigado! Vou voltar ao meu trabalho!

— E um café?

— Também não tomo.

— E o que me diz de uma boa cachimbada?

Pencroff levantou-se de um salto, e até mudou de cor quando viu que o repórter lhe oferecia um belo cachimbo, forrado de tabaco. O marinheiro quis dizer algo, mas não pôde. Agarrou o

119

cachimbo, levou-o aos lábios e deu cinco ou seis baforadas. Uma nuvem perfumada levantou-se, e das profundezas da fumaça, ouviu-se uma voz que repetia, delirante:

— Tabaco! Verdadeiro tabaco!

— Sim, Pencroff — disse Smith. — E um excelente tabaco, até!

— Oh, Providência Divina! Sagrado autor de todas as coisas! — exclamou o marinheiro. — Nada falta nesta ilha!

E Pencroff terminou de fumar, enlevado.

— Mas, quem fez esta descoberta, foi Harbert? — perguntou o marinheiro, por fim.

— Não, Pencroff, foi o senhor Spilett.

— O senhor Spilett! — exclamou o marinheiro, abraçando o repórter com força.

— Uff, Pencroff! — disse Spilett, quando pôde respirar novamente. — Harbert também teve parte na descoberta, já que foi ele quem reconheceu a planta. E Cyrus a preparou, e Nab guardou segredo de tudo!

— Pois, meus amigos, hei de lhes pagar esta gentileza um dia! — respondeu o marinheiro.

11

EXPLORANDO O POÇO

Com o mês de junho vinha chegando o inverno, e a preocupação dos colonos era com roupas quentes e duráveis. Os carneiros do curral tinham sido tosquiados, e agora era preciso transformar a preciosa matéria têxtil em pano.

Como os colonos não tinham à disposição as máquinas necessárias, o engenheiro procedeu de uma maneira simples, para economizar a fiação e tecelagem. O que Cyrus Smith fez foi aproveitar a propriedade que possuem os filamentos de lã de, quando prensados, trançarem-se, formando o feltro. O feltro podia obter-se por meio de uma simples prensagem, operação que diminui a flexibilidade do estofo, mas que aumenta notavelmente as propriedades conservadoras do calor. Por coincidência, a lã dos carneiros selvagens era feita de fios muito curtos, o que é uma boa condição para fabricar o feltro.

O engenheiro, com o auxílio de todos os companheiros, incluindo Pencroff, que mais uma vez teve que abandonar o seu querido barco, começou as operações preliminares, que tinham por fim desembaraçar a lã da substância oleosa e gordurosa de que está impregnada. Esta lavagem fez-se em tinas de água à temperatura de setenta graus, em que a lã permaneceu imersa por vinte e quatro horas; a segunda vez a lã foi lavada por meio de banhos de soda; depois disso, e bem seca pela pressão, ficou pronta para ser prensada, resultando num pano forte, grosseiro, e que em qualquer centro industrial da Europa e da América, não teria valor algum, mas que para os colonos, era digno de especial consideração. É fácil compreender porque esta espécie de pano tenha sido conhecida desde as épocas mais remotas.

A engenharia de Cyrus foi extremamente útil na construção da máquina destinada a prensar a lã, porque soube habilmente aproveitar-se da força mecânica até então desaproveitada, da queda de água da praia, para fazer mover uma espécie de lagar.

O maquinismo era rudimentar. Uma árvore cujo movimento fazia levantar e descer alternadamente algumas varas verticais, outros tantos tanques destinados a receber a lã, e dentro dos quais caíam as varas, um madeiramento que continha e ligava todo este sistema; nisto consistia o maquinismo descrito, e como estes os que serviram durante séculos, até que surgiu a idéia de substituir os pilões por cilindros compressores, submetendo a substância, não a uma simples pisa, mas uma verdadeira laminação.

A operação, dirigida por Cyrus Smith, saiu às mil maravilhas. A lã, previamente impregnada de uma solução de sabão, que tinha por fim facilitar-lhe o resvalamento, a aproximação, a compressão e o amolecimento, e além disso impedir a sua alteração pela pisa, saiu do lugar sob a forma de uma grossa toalha de feltro. As asperezas naturais do fio de lã tão bem se haviam entrelaçado e prendido, que formavam um estofo próprio para fabricar roupas como cobertores. O resultado foi um feltro próprio, e a ilha Lincoln possuía mais uma indústria.

Os colonos tinham, além de bom vestuário, espessos cobertores, e podiam esperar sem receio o inverno de 1866-1867.

A 20 de junho é que o frio realmente começou. Pencroff, com grande tristeza, teve que suspender a construção do barco, que na verdade só precisava estar pronto na primavera próxima.

A idéia fixa do marinheiro era fazer uma excursão de reconhecimento à ilha Tabor, mesmo que Cyrus Smith não aprovasse esta viagem de simples curiosidade, porque não se podia esperar auxílio algum daquele rochedo deserto e quase árido. Além disso, uma viagem de cento e cinqüenta milhas num barco relativamente pequeno, e por mares desconhecidos, não era empresa que se realizasse sem alguma apreensão. E se a embarcação, em alto mar, não conseguisse chegar em Tabor ou retornar para a ilha Lincoln, o que seria dos colonos?

Cyrus conversou muitas vezes acerca deste projeto com Pencroff, e sempre encontrava no marinheiro uma teimosia extravagante por aquela viagem.

— Porque enfim — disse-lhe um dia o engenheiro, — você, que tanto gosta da ilha Lincoln, é o primeiro a querer deixá-la?

— Mas somente por alguns dias — respondeu Pencroff, — por alguns dias somente, senhor Cyrus! O tempo exato para ir examinar aquela ilhota e voltar.

— Mas ela não vale de certo a ilha Lincoln!

— Estou certo disso!

— Então, para que vamos nos aventurar?

— Para saber o que se passa na ilha Tabor!

— Ora essa! Não se passa coisa alguma! Pois o que há de passar por lá?

— Quem sabe?

— E se enfrentar uma tempestade?

— Não é preciso recear isto nesta estação — respondeu Pencroff. — Mas, senhor Cyrus, como é preciso prevenir tudo, peço-lhe que me deixe levar Harbert.

— Pencroff — disse então Cyrus, pondo a mão no ombro do marinheiro, — e se acontecesse uma desgraça a esta criança que o acaso fez nosso filho, como nos consolaríamos?

— Senhor Cyrus — respondeu Pencroff, com inabalável confiança, — descanse que não lhe causaremos desgosto. Tornaremos a falar desta viagem quando se aproximar o tempo próprio. Demais, quando vir o nosso barco, bem aparelhado e bem forne-

123

cido, quando observar como ele se porta no mar, quando tivermos dado a volta à ilha, porque vamos fazer isto juntos! Desde já, digo que o meu barco há de ser uma obra-prima!

E assim terminou a conversa, para recomeçar mais tarde, sem que o marinheiro nem Cyrus chegassem a um consenso.

As primeiras neves caíram nos fins do mês de junho. O curral fora provido com abundância, para não necessitar visitas cotidianas, e sim semanais.

As armadilhas foram montadas novamente, e experimentaram-se também os engenhos fabricados por Smith. Os caçadores colocaram as barbas de baleia recobertas de gelo na orla da floresta, no lugar onde os animais costumavam passar para ir ao lago.

Esta armadilha deu ótimos resultados, para grande satisfação do engenheiro. Uma dúzia de raposas, alguns javalis, e até um jaguar, caíram no logro, sendo encontrados mortos, com o estômago furado pelas barbas de baleia.

Vem aqui a propósito falar de um ensaio que constituiu a primeira tentativa dos colonos para se comunicar com os seus semelhantes.

Gedeon Spilett já tinha pensado em lançar ao mar uma nota, dentro de uma garrafa, que a correnteza levaria talvez a qualquer costa habitada, ou em confiá-la aos pombos. Mas podia-se mesmo esperar que pombos ou garrafas pudessem transpor a distância que separava a ilha de qualquer terra, isto é mais de 2000 quilômetros? Loucura.

A 30 de junho, porém, capturou-se, não sem trabalho, um albatroz, que fora levemente ferido na pata por um tiro de Harbert. Era um exemplar magnífico, que media cerca de 3 metros de ponta a ponta de cada asa.

Harbert bem queria conservar esta soberba ave, cuja ferida sarou logo, desejando domesticá-la. Mas Spilett o convenceu de que não se devia desprezar esta ocasião de tentar correspondência com as terras do Pacífico. Harbert resignou-

124

se, porque, se era certo que o albatroz tinha vindo de alguma região habitada, não deixaria de voltar para lá assim que estivesse livre.

É possível que Gedeon Spilett, que tinha às vezes assomos de cronista, estivesse se regozijando com a idéia de arriscar um artigo sentimental, relatando as aventuras dos colonos da ilha Lincoln! Que grande sucesso para o repórter do *New York Herald*, se esta crônica chegasse ao conhecimento do diretor do jornal!

Spilett redigiu então uma curta notícia, que foi colocada num saco de tela forte e engomada, acompanhada de um pedido à pessoa que a encontrasse de a fazer chegar ao escritório do *New York Herald*. Prendeu-se o saquinho no pescoço do albatroz, e não na pata, porque estas aves costumam descansar na superfície do mar; depois o colocaram em liberdade, e foi com emoção que os colonos viram a ave desaparecer ao longe, nas brumas de oeste.

— Para onde ele irá? — perguntou-se Pencroff.

— Para a Nova Zelândia! — arriscou Harbert.

— Boa viagem! — gritou o marinheiro, que não esperava grandes resultados desta tentativa.

Os trabalhos no interior do Palácio de Granito tinham recomeçado com o inverno; consertos de roupa, diversos artefatos, e fabricação de velas.

O frio foi intenso durante o mês de julho, mas não se poupou lenha nem carvão. Cyrus Smith instalara outro fogão na sala, e ali se passavam as longas noites. Enquanto trabalhavam, conversava-se; quando estavam ociosos, liase; e o tempo corria com proveito de todos.

Era uma benção para os colonos escutarem a tempestade bramir lá fora, enquanto se achavam reunidos naquela sala bem iluminada, aquecida, depois de um excelente jantar, tomando café, enquanto a fumaça dos cachimbos ia subindo em colunas! O bem-estar seria ainda maior se fosse possível se estabelecer comunicação com o resto do mundo. Conversavam sempre da pátria, e dos amigos que lá tinham deixado.

De repente, os latidos de Top colocaram todos em alerta. O cão estava girando em volta do orifício do poço, que ficava na extremidade do corredor interno.

— O que estará acontecendo para Top latir assim? — disse Pencroff.

— E Jup também está agitado! — acrescentou Harbert.

Com efeito, tanto o macaco quanto o cão davam sinais inequívocos de agitação e, coisa singular, pareciam mais inquietos do que irritados.

— Este poço se comunica com o mar — disse Spilett. — Provavelmente algum animal marinho vem, de tempos em tempos, respirar no poço.

— Não pode haver outra explicação... Vamos Top, aquiete-se! E você, Jup, já para o seu quarto! — disse Pencroff, virando-se para o cão.

O macaco e o cão calaram-se. Jup foi deitar-se, mas Top ficou no salão, gemendo surdamente.

E não se falou mais nesse incidente, que contudo anuviou a fronte do engenheiro.

Durante o resto do mês de julho, a chuva e o frio alternaram-se. A temperatura não desceu tanto −13° C. Mas se o inverno não foi tão frio, em compensação teve muito mais tempestades e furacões. Além disto, houve violentas invasões do mar, que comprometeram por vezes as Chaminés.

Quando os colonos, debruçados nas janelas, observavam essas enormes massas de água que se quebravam à sua vista, não podiam deixar de admirar o magnífico espetáculo do furor do oceano. As ondas quebravam furiosamente, desfazendo-se em espuma deslumbrante. Toda a praia desaparecia sob esta inundação raivosa, e o turbilhão parecia emergir do próprio mar, cujas ondas se elevavam a mais de 20 metros.

126

Durante estas tempestades era difícil, e até arriscado, atravessar os caminhos da ilha, porque as quedas de árvores eram freqüentes. Os colonos, contudo, nunca deixaram passar uma semana sem visitar o curral. Este recinto, felizmente, era abrigado pelo contraforte do monte Franklin, e não sofreu muito com a violência dos furacões, que lhe poupou as árvores, a cerca e o galpão. A granja, porém, estabelecida sobre o platô da Vista Grande, e diretamente exposta ao vento leste, sofreu avarias consideráveis. O pombal foi duas vezes destelhado, e a barreira abateu também. Tudo isso precisava ser reconstruído com maior solidez, porque a ilha estava situada numa das piores paragens do Pacífico, e parecia ser o centro de vastos ciclones.

Durante a primeira semana do mês de agosto, as rajadas de vento abrandaram um pouco, e a atmosfera recobrou a quietude. A temperatura baixou, contudo, chegando a - 22 °C.

A 3 de agosto os colonos fizeram uma excursão projetada havia dias para os lados do Pântano dos Patos. Os caçadores queriam aproveitar a abundância de patos selvagens e aves que havia ali. Somente Smith não participou desta excursão, ficando no Palácio de Granito.

Os caçadores despediram-se do companheiro, prometendo estar de volta à noite, e pegaram a estrada do porto Balão. Top e Jup iam com eles. O engenheiro os acompanhou até a ponte do Mercy, onde se separou, levantando a ponte depois que eles a passaram, na intenção de pôr em prática um certo projeto, para cuja realização desejava estar só.

Este projeto consistia na exploração minuciosa do poço, cujas águas pareciam comunicar-se com o mar.

Por que razão Top ficaria tantas vezes inquieto em torno do poço? Por que soltava aqueles singulares latidos? Por que Jup unia-se a ele, naquela ansiedade comum? Teria o poço outras ramificações, além daquela que o ligava ao mar? Teria acaso canais subterrâneos, que atravessavam outras regiões da ilha? Cyrus queria saber tudo isso, mas não queria alarmar seus companheiros.

Descer até o fundo do poço era fácil, usando a escada de corda. E foi o que engenheiro fez: levou a escada até a boca do poço, cujo diâmetro era de cerca de 2 metros, e prendendo-a firmemente, lanterna e revólver em punho, começou a descer. As paredes internas do poço, em alguns pontos, apresentavam abertura ou orifício visível; de espaço a espaço, porém, havia umas certas saliências da rocha, por onde um ente qualquer, sendo ágil, realmente podia subir.

O engenheiro não deixou de notar isto, examinando com cuidado cada uma destas saliências. Não encontrou, porém, qualquer vestígio de que aqueles degraus naturais tivessem servido para uma escalada qualquer, antiga ou recente.

Smith desceu então mais para o fundo, observando tudo, mas não viu nada que justificasse suas suspeitas.

Quando o engenheiro chegou aos últimos degraus da escada, junto à superfície da água, tudo estava tranqüilo. Mas nem ao nível do mar, nem em outro ponto qualquer do poço, havia um corredor lateral que pudesse ramificar-se no interior da montanha. Cyrus bateu com o cabo da faca em diversos pontos da parede, mas só encontrou a massa de granito compacta, através da qual seria impossível abrir caminho. Para chegar ao fundo do poço e subir até a boca dele, era preciso passar pelo canal, sempre debaixo de água, que estabelecia a comunicação entre o poço e o mar através do subsolo granítico da praia, o que não era possível senão a algum animal marítimo. Saber onde ia dar este canal, a que ponto do litoral, ou a que profundidade debaixo da água, era impossível de se saber.

Assim, Cyrus encerrou sua investigação, voltando para o salão do Palácio de Granito. Ali, caminhou de um lado para o outro, meditativo:

— Eu não vi nada, mas que lá há alguma coisa, há!

12

O Bonadventure

Os caçadores voltaram nessa mesma tarde, tendo feito uma ótima caçada.

— Aqui temos o suficiente! — disse Nab ao engenheiro. — Vamos fazer ótima reserva de conservas e massas! Mas preciso que alguém me ajude. Estou contando com você, Pencroff!

— Não conte — respondeu o marinheiro. — Tenho que trabalhar no barco, e não terá outro remédio senão ficar sem a minha ajuda.

— E o senhor Harbert?

— Tenho que ir ao curral amanhã!

— Então, só sobrou o senhor, senhor Spilett.

— Muito bem, Nab — respondeu o repórter. — Mas já vou avisando que, se descobrir suas receitas, eu as publico!

— Fique a vontade, senhor Spilett! — riu-se Nab.

Durante uma semana o frio ainda continuou, e os colonos não saíam do Palácio de Granito, senão para ir à granja. Durante esta semana, Pencroff, auxiliado por Harbert, que manejava habilmente a agulha no fabrico das velas, trabalhou com tanto ardor que o velame da embarcação ficou completo. Não faltavam as cordas de cânhamo, graças ao material achado no invólucro do balão. Os cabos e cordames eram de excelente fio, e os colonos tiraram deles o melhor partido possível. Debruaram as velas com fortes escoltas, e fabricaram drissas, ovens, etc. Cyrus fabricou as roldanas e cadernais

129

necessários, seguindo os conselhos de Pencroff e utilizando o torno. Antes do barco estar terminado, todo o seu equipamento já estava pronto. Pencroff improvisou uma bandeira dos Estados Unidos, acrescentando mais uma estrela às 37 que representam os estados da União, simbolizando o Estado de Lincoln, porque ele já considerava "sua" ilha como fazendo parte da grande república.

— E — acrescentou ele, — se não lhe pertence de fato, pertence-lhe pelo coração!

O inverno estava terminando, e parecia que nenhum incidente notável aconteceria quando, na noite de 11 de agosto, o platô da Vista Grande não tivesse sido ameaçado com a devastação completa.

Os colonos dormiam profundamente, após um dia de muito trabalho, quando às quatro horas da manhã foram subitamente acordados pelos latidos de Top.

Agora não era junto da boca do poço que o cão ladrava, mas na soleira da porta, atirando-se a ela como se a quisesse arrombar. Jup, por outro lado, soltava gritos agudos.

— O que foi, Top? — gritou Nab, o primeiro a acordar.

Mas o cão continuava a ladrar cada vez com mais furor.

— O que aconteceu? — perguntou Smith.

E todos correram apressadamente para as janelas, mas os colonos nada viram. Contudo, escutaram uns gritos estranhos, e parecia que o platô havia sido invadido por animais, que não podiam ser vistos.

— O que será isso? — exclamou Pencroff.

— Lobos, jacarés, ou macacos! — respondeu Nab.

— Essa só com mil diabos! Como é que eles poderiam ir até o alto do platô? — espantou-se o repórter.

— E a granja? — exclamou Harbert. — E as plantações?...

— Por onde eles teriam entrado? — perguntou-se Pencroff.

130

— Provavelmente pelo pontilhão da praia, que algum de nós se esqueceu de fechar...

— Muito bonito, senhor Spilett! — exclamou o marinheiro.

— O que está feito, não tem remédio! — disse Smith. — Agora, é pensar no que fazer!

Era certo que alguns animais tinham invadido a praia, passando pelo pontilhão, e agora, estes mesmos animais, subindo pela margem esquerda do Mercy, podiam ir até ao platô da Vista Grande, de onde os colonos teriam que expulsá-los.

— Mas, que animais serão? — perguntou-se novamente Pencroff, no momento em que Top voltou a latir com mais força.

Harbert, ao ouvir estes latidos, estremeceu, e recordou-se de que ouvira outros semelhantes da primeira vez que fora às nascentes do riacho Vermelho.

— São raposas! São raposas! — disse o moço.

— Então vamos! — exclamou o marinheiro.

E os colonos, todos armados de machado, carabina e revólver, desceram à praia. As raposas, quando em grande número e famintas, são animais bem perigosos. Os colonos, todavia, não hesitaram em se atirar ao meio do bando, e os primeiros tiros de revólver que dispararam, relampejando rápidos no meio da escuridão, fizeram recuar os primeiros assaltantes.

Antes de tudo, o mais importante era impedir que aquele bando de ladrões chegasse ao platô da Vista Grande, porque assim as plantações e a granja ficariam à mercê dos animais, e só Deus sabe que enormes estragos, talvez irreparáveis, eles fariam ali, especialmente no campo de trigo. Mas como o platô não podia ser invadido senão pela margem esquerda do Mercy, bastava opor algum obstáculo às raposas na estreita porção compreendida entre o rio e a muralha de granito.

Todos compreenderam isto logo, e por ordem de Smith, correram imediatamente para postar-se no local designado, enquanto o bando de raposas pulava nas trevas.

Os colonos dispuseram-se de modo a formar uma linha invencível. Top ia na frente, com a formidável boca aberta,

131

acompanhado por Jup, armado de um cacete, que ele brandia qual arma.

A noite estava escuríssima. O clarão das descargas, que todos deviam dar no alvo, deixava ver a espaço os assaltantes, que deviam ser uma centena, e cujos olhos brilhavam como carvões acesos.

— É preciso que não passem! — exclamou Pencroff.

— Não irão! — respondeu o engenheiro.

Mas se as raposas não passaram, não foi por falta de tentativa. As últimas filas de assaltantes empurravam as primeiras, e para lhes tolher o passo, foi preciso lutar sem trégua nem descanso aos revólveres e machados. Era provável que os cadáveres das feras juncassem já o chão em grande número, entretanto, o bando não parecia diminuir, dir-se-ia que novos reforços chegavam sem cessar pelo pontilhão da praia.

Não tardou que os colonos tivessem que lutar com os animais corpo a corpo, e todos já tinham ferimentos, por sorte, sem grande importância. Harbert, com um tiro de revólver, livrara Nab de uma raposa que o atacava pelas costas, feroz como um tigre. Top batia-se com verdadeira fúria, saltando às goelas das raposas e estrangulando-as. Jup, armado com seu formidável cacete, distribuía bordoadas cegamente, e ninguém era capaz de segurá-lo. Dotado de uma visão que podia penetrar através da escuridão, estava sempre no ponto onde o combate era mais violento, soltando de tempos em tempos um silvo agudo, sinal de grande júbilo. Houve até um momento em que o macaco avançou tanto que, ao clarão de um tiro de revólver, os colonos viram-no cercado por cinco ou seis enormes raposas, às quais Jup enfrentava com rara coragem.

A luta, no entanto, devia terminar com resultado favorável aos colonos, depois de mais de duas horas de combate! As primeiras claridades do dia foram, certamente, a causa determinante da retirada dos assaltantes, que fugiram em direção ao norte, passando de novo o pontilhão, que Nab imediatamente correu para fechar.

Quando a luz do dia iluminou suficientemente o campo de batalha, os colonos puderam contar uns cinqüenta cadáveres dispersos na praia.

— E Jup? — exclamou Pencroff. — Onde estará Jup?

Jup desaparecera. Nab o chamou, mas em vão, pela primeira vez o fiel macaco não atendeu a seu chamado.

Todos se puseram a procurar Jup, temendo encontrá-lo entre os mortos. Limparam o local do combate, retirando os cadáveres que manchavam com sangue a brancura da neve, e afinal encontram Jup no meio de um monte de raposas, cujos queixos esmigalhados, costelas e espinhas quebradas eram a prova de que tentaram enfrentar o destemido macaco. O pobre Jup, no entanto, havia sido ferido gravemente no peito.

— Ainda está vivo! — exclamou Nab, que se debruçara sobre ele.

— E espero que consigamos salvá-lo — disse o marinheiro. — Ao menos, vamos tentar, e tratá-lo como se fosse um de nós!

Jup pareceu compreender o que se dizia, porque deitou a cabeça no ombro de Pencroff, como se quisesse agradecê-lo. O marinheiro também estava ferido, e também seus companheiros, mas eram ferimentos insignificantes, porque tinham conseguido manter o inimigo à distância, graças às armas de fogo.

Portanto, só Jup apresentava um quadro grave. Ele foi levado dali por Nab e Pencroff, e soltou apenas um fraco gemido. Quando chegaram ao Palácio de Granito, lavaram as feridas do macaco com todo cuidado. Os ferimentos não haviam afetado nenhum órgão essencial, mas Jup estava muito fraco, em conseqüência da grande quantidade de sangue que perdera.

Os carinhosos enfermeiros fizeram os curativos necessários, e submeteram o macaco a uma dieta rigorosa, como se ele "fosse uma pessoa", dizia Nab, fazendo-o beber chás preparados com ingredientes tirados da farmácia vegetal do Palácio de Granito.

Jup afinal adormeceu, um sono agitado a princípio, mas depois foi se acalmando, e a respiração tornou-se mais regular, tanto que os dois enfermeiros deixaram-no repousando no maior sossego. De tempos em tempos Top vinha, silenciosamente, vigiar o amigo.

Naquela manhã os colonos trataram de sepultar os mortos, que foram arrastados até a floresta de Faroeste e ali enterrados.

O ataque, que poderia ter tido graves conseqüências, serviu como lição aos colonos, que dali por diante não tornaram a ir deitar sem revistar todas as pontes, certificando-se que estavam fechadas, evitando assim novas invasões.

Jup, felizmente, conseguiu se recuperar. A sua robusta compleição, e também os cuidados que recebeu o livraram do perigo, e Spilett, que entendia um pouco de medicina, considerou-o em breve livre do perigo.

A 16 de agosto o doente já começava a comer. Nab fazia-lhe ótimos petiscos, que Jup comia satisfeito, ainda mais guloso como era. Finalmente, no dia 21 de agosto o macaco levantou-se, os ferimentos perfeitamente cicatrizados, e já se percebia que dentro em pouco o animal recuperaria sua agilidade e vigor habituais.

No dia 25 de agosto, os colonos acudiram aos gritos de Nab, que os chamava:

— Venham cá, venham depressa!

Todos reuniram-se então no salão do Palácio de Granito, e viram Nab rindo, apontando Jup, que fumava sossegadamente na porta do Palácio de Granito!

— Ora, o meu cachimbo! — exclamou Pencroff. — Ora, Jup, vou dá-lo de presente para você!

E Jup continuou fumando, parecendo ter grande prazer com isto.

Cyrus Smith não ficou muito espantado com o caso, antes citou vários exemplos de macacos domesticados, perfeitamente afeitos ao uso do tabaco.

134

Daquele dia em diante, mestre Jup teve o seu cachimbo, o ex-cachimbo do marinheiro, além de sua respectiva provisão de tabaco. Jup aprendera a encher o cachimbo, sabia acendê-lo com uma brasa e parecia ser o mais feliz dos macacos ao fumar. Isto acabou por fazer Pencroff se afeiçoar ainda mais ao bom Jup.

— Quem sabe se ele não se torna um homem — dizia Pencroff para Nab. — Eu não me admiraria muito se um dia ele falasse conosco. E você?

— Palavra que também não. Aliás, muito me admiro é de que ele não fale, porque não sei mais o que possa lhe faltar.

— E se ele um dia se virar para mim e disser: "Quer trocar de cachimbo comigo, Pencroff?". Seria divertido.

— Seria mesmo — concordou Nab. — Pena que ele seja mudo de nascença!

Com o mês de setembro findou inteiramente o inverno, e os trabalhos continuaram com toda a força.

A construção do barco prosseguiu com rapidez. Como a embarcação já tivesse quilha e esqueleto armado, o que era preciso era meter-lhe o cavername e madeiramento interno, ligando todas as partes do casco com peças de madeira que, encurvadas pela exposição ao vapor de água, se prestaram a todas as exigências da forma do barco.

Como havia madeira de sobra, Pencroff propôs ao engenheiro cobrir internamente todo o casco com um forro impermeável, para obter maior segurança na construção.

Cyrus Smith, que não sabia o que o futuro lhes reservaria, aceitou a idéia do marinheiro, de tornar a embarcação o mais segura possível.

O forro interno e a coberta do navio ficaram inteiramente terminados cerca de 15 de setembro. Para calafetar as costuras, fez-se estopa com palha de junça bem seca e desfiada, introduzindo-se esta espécie de estopa entre o tabuado do casco, forro e coberta, e cobrindo depois as costuras com alcatrão a ferver, extraído em abundância dos pinheiros da floresta próxima.

A acomodação interna foi bem simples. O barco foi lastrado com enormes pedaços de granito, bem pesados. Por sobre este lastro assentou-se uma coberta internamente dividida em duas câmaras, ladeadas por dois bancos que deviam servir de cofres de arrecadação. O espigão do mastro devia servir de prumo ao tabique divisório das duas câmaras, que tinham entrada por escotilhas munidas das competentes capas.

Pencroff não teve dificuldade em encontrar uma árvore conveniente para construir o mastro grande. Escolheu para este fim um abeto novo, reto e sem nós, que apenas lhe deu trabalho para enquadrar na base e arredondá-lo para a ponta. As ferragens da mastreação, do leme e do casco, foram fabricadas na forja das Chaminés. Eram grosseiras, mas valentes. Finalmente, vergas, paus de bujarrona, remos, etc., estava tudo pronto na primeira semana de outubro; e combinou-se experimentar o barco nas vizinhanças da ilha, a fim de reconhecer como ele se portava no mar, e até que ponto era razoável fiar-se nele.

Durante todo este tempo não se deixou de lado os outros trabalhos. O curral foi aumentado e remodelado, porque o rebanho de carneiros e cabras já tinham dado crias. Os colonos faziam visitas freqüentes ao ostreiro, caçavam coelhos, e até se aventuravam a outros pontos inexplorados da floresta de Faroeste, muito abundante em caça.

Descobriram também certas plantas nativas que, se não ofereciam uso imediato, contribuíram para variar as reservas vegetais do Palácio de Granito. Eram uma espécie ficóide, com folhas carnudas comestíveis, que davam sementes contendo uma espécie de farinha.

A 10 de outubro o barco foi lançado ao mar. Pencroff estava radiante de alegria. A operação deu excelentes resultados. A embarcação foi levada até beira-mar sobre rolos de madeira. E como a maré estava enchendo, dali a pouco o barco estava flutuando, para grande satisfação e aplauso dos nossos colonos, especialmente Pencroff, que pôs de lado qualquer modéstia. Além disso, Pencroff também seria o comandante do barco, e toda a colônia nomeou-o capitão.

Para satisfazer o capitão Pencroff, foi preciso batizar o barco. Depois de discutirem várias propostas, escolheram *Bonadventure*, que era o nome de batismo do honrado marinheiro.

O *Bonadventure* mostrou-se perfeitamente equilibrado na água, e provou poder navegar convenientemente. O tempo era bom, a brisa fresca e o mar estava calmo, tudo perfeito para a excursão ao largo da costa, que iria testar o barco.

— Embarcar! Embarcar! — gritava o capitão Pencroff.

Era preciso, porém, comer antes de partir, e até não seria má idéia se levar a bordo mantimentos para o caso da excursão se prolongar até a noite.

Cyrus tinha pressa em experimentar a embarcação, de cujo plano fora o autor. O engenheiro não compartilhava a confiança de Pencroff, e como este não tornou a falar da viagem à ilha Tabor, Cyrus imaginava que o marinheiro renunciara ao projeto, o que muito o alegrava, porque ele receava ver dois ou três companheiros aventurando-se naquele barco tão pequeno.

Às dez e meia todos estavam a bordo, inclusive Jup e Top. Nab e Harbert levantaram âncora, que tinha sido lançada à areia junto da embocadura do Mercy, içaram a vela, a bandeira da ilha Lincoln flutuou no mastro, e dirigido por Pencroff, o *Bonadventure* fez-se ao mar.

Para sair da baía União, precisavam ter vento pela popa, e puderam certificar-se de que naquele momento a velocidade da embarcação era satisfatória.

Depois de dobrarem a ponta dos Salvados e do cabo da Garra, Pencroff navegou ao longo da costa meridional da ilha, observando que o *Bonadventure* saía-se muito bem, virando perfeitamente com vento à proa.

Tudo isto encantou os passageiros do barco. Eram agora senhores de uma bela embarcação, que lhes poderia prestar grandes serviços, e o belo dia, com aquela agradável brisa, contribuíam para que o passeio fosse esplêndido.

Pencroff afastou-se 7 ou 8 quilômetros, e a ilha então apareceu-lhes em sua totalidade, e sob um novo aspecto, apresentando o variado panorama do seu litoral desde o cabo da Garra até o promontório do Réptil, os primeiros planos das florestas nas quais as coníferas passavam por cima da folhagem nova das outras árvores, e o monte Franklin, que dominava todo o panorama e cujo cimo estava branco por causa da neve.

— Como é lindo! — maravilhou-se Harbert.

— Sim — disse Pencroff, — nossa ilha é linda e boa. Adoro-a como adorava minha mãe! Recebeu-nos pobres e sem nada, e hoje o que falta a estes cinco filhos que lhe caíram do céu?

— Nada, capitão, absolutamente nada! — respondeu Nab.

E os dois bons homens soltaram três formidáveis hurras em honra da sua ilha!

Spilett, encostado na base do mastro, desenhava o belo panorama que se desenrolava diante dos olhos.

Cyrus Smith contemplava em silêncio.

— Então, senhor Cyrus — perguntou Pencroff, — o que diz do nosso barco?

— Parece que se comporta bem — respondeu o engenheiro.

— E então, o que acha daquela viagem?

— Que viagem, Pencroff?

— Até a ilha Tabor!

— Meu amigo — respondeu Smith, — creio que em caso de necessidade, não deveríamos hesitar em confiar no *Bonadventure*, mesmo para uma viagem muito mais longa do que essa; mas como nada nos obriga a ir a ilha Tabor, confesso que seria com grande desgosto que os veria partir para ali.

Mas Pencroff insistiu, teimosamente:

— Eu por mim acho que é sempre bom conhecermos nossos vizinhos. A ilha Tabor é nossa única vizinha! Se não

138

houvesse outra razão, mandava a delicadeza que lhe fizéssemos uma visita!

— Ora, vejam só! — disse Spilett. — Nosso amigo Pencroff resolveu tornar-se um cavalheiro.

— Nada disso! — replicou o marinheiro, um pouco irritado com a oposição do engenheiro.

— Pense bem, Pencroff. Você não pode ir sozinho até a ilha Tabor! — disse Cyrus.

— Basta-me um só companheiro.

— Muito bem — retorquiu o engenheiro. — Então, você quer privar a ilha Lincoln de dois dos seus colonos, dos cinco que existem?

— Seis! Esqueceu-se de Jup! — disse o marinheiro.

— Sete! — acrescentou Nab. — Top bem vale outro!

— Não haverá perigo — assegurou Pencroff.

— Pode ser, Pencroff. Mas torno a repetir: é expor-se sem necessidade.

O teimoso marinheiro não respondeu, e deixou a conversa morrer, decidido a retomar sua idéia mais tarde. O que ele não imaginava é que um incidente viesse ao seu auxílio, transformando em obra de caridade o que até ali fora apenas um capricho.

Depois de ter se conservado ao largo por algum tempo, o *Bonadventure* tratou de se aproximar da praia em direção ao porto Balão. Era importante verificar as passagens que se abriam entre os bancos de areia e os recifes, balizandos-as quanto possível, visto que aquela pequena enseada devia servir de porto para a embarcação.

Os navegantes estavam somente a 1 quilômetro da praia, e tinha sido preciso bordejar para caminhar contra o vento. O andamento do *Bonadventure* era então muito vagaroso, porque o vento moderado apenas enfunava as velas, e o mar, límpido como um espelho, só se encrespava com as lufadas da brisa que se sucediam caprichosas.

139

Harbert conservava-se na proa, a fim de indicar o caminho a seguir por entre as passagens abertas, e de repente exclamou:

— Estou vendo algo!

— O que foi? — levantou-se o marinheiro. — Algum rochedo?

— Não... Espera... Não vejo bem... Chegue mais perto, só um pouco — disse Harbert.

E então o rapaz, deitando-se no barco, meteu o braço na água e levantou-se dizendo:

— Uma garrafa!

Tinha na mão uma garrafa lacrada, que entregou a Cyrus. O engenheiro, sem dizer uma só palavra, tirou a rolha e pegou um papel úmido, onde se liam estas palavras:

Náufrago... Ilha Tabor: 153° O. Long. — 37° 11´lat. S.

13
RUMO À ILHA TABOR

Um náufrago! — exclamou Pencroff. — Abandonado a poucos quilômetros de nós, nessa ilha Tabor! Ora, senhor Cyrus! Agora, certamente, o senhor não se oporá ao meu projeto!

— Não, Pencroff — respondeu Cyrus. — E acho melhor partir o mais cedo possível.

— Amanhã?

— Amanhã!

O engenheiro, ainda segurando o papel que retirara de dentro da garrafa, refletiu alguns instantes, e só então falou:

— Meus amigos, este documento nos mostra que o náufrago da ilha Tabor é um homem com vastos conhecimentos em náutica, porque nos dá a latitude e longitude da ilha, conforme as que achamos, com aproximação de um minuto; em segundo lugar, é inglês ou americano, porque o bilhete está escrito em inglês.

— Isso então explica a aparição da caixa nas costas da ilha — disse Spilett. — E se há um náufrago, houve um naufrágio. E quem quer que seja, teve muita sorte por termos resolvido experimentar o barco hoje mesmo, porque a garrafa teria se espatifado nos rochedos, se tivéssemos demorado um pouco mais.

— Você não acha isso estranho? — perguntou Smith a Pencroff.

— Parece-me sorte, isso sim — retorquiu o marinheiro.

— O senhor acha isso extraordinário? Essa garrafa poderia ir para qualquer lugar, e por que não aqui, e agora?

— Talvez tenha razão, Pencroff — concordou o engenheiro, — contudo...

— Mas não há nada que nos indique se esta garrafa estava flutuando há muito tempo no mar? — observou Harbert.

— Nada — respondeu Spilett. — A nota parece até recente. O que acha, Cyrus?

— É difícil verificar isso. Mas logo saberemos! — disse Smith.

Durante esta conversa, Pencroff já tinha virado o barco, que agora deslizava velozmente para o cabo da Garra.

Todos pensavam no náufrago da ilha Tabor. Seria ainda possível salvá-lo? Este era um acontecimento na vida dos colonos! Eles mesmos não passavam de náufragos, mas era para recear que nem todos fossem tão felizes como eles, e por isso cumpria-lhes ir ao encontro do infortúnio.

Dobraram o cabo da Garra e o *Bonadventure* ancorou pelas quatro horas na embocadura do Mercy.

Nesta tarde, planejaram minuciosamente a nova expedição. Julgaram conveniente que Pencroff e Harbert, que conheciam bem a manobra de uma embarcação, fossem os únicos a empreender a viagem. Partindo no outro dia, 11 de outubro, podiam chegar durante o dia 12, porque, com o vento que soprava, bastavam quarenta e oito horas para fazer a travessia. Contando um dia para explorar a ilha, e três ou quatro para voltar, devia-se esperar que retornassem à ilha Lincoln no dia 17.

O tempo estava magnífico, o vento parecia seguro, e portanto, todas as probabilidades eram a favor destes bravos, levados para longe da ilha por um dever de humanidade.

Decidiu-se que Cyrus, Nab e Gedeon ficariam na ilha Lincoln, mas Spilett, que não esquecia o seu papel de repórter, não quis perder esta oportunidade, e por isso juntou-se aos dois viajantes.

Os colonos empregaram a tarde em transportar para bordo do *Bonadventure* algumas camas, utensílios, armas, munições, viveres para oito dias, e depois de terminado este carregamento, os colonos voltaram para o Palácio de Granito.

No outro dia, às cinco da manhã, despediram-se emocionados, e Pencroff, desfraldando as velas, navegou para o cabo da Garra, que era preciso dobrar, a fim de se dirigir diretamente para sudoeste. O *Bonadventure* já estava a quase um quilômetro da costa quando os seus tripulantes distinguiram nas alturas do Palácio de Granito dois homens que lhes acenavam. Eram Cyrus e Nab.

— São os nossos amigos! — disse Spilett. — Essa é nossa primeira separação em quinze meses!...

Pencroff, o repórter e Harbert trocaram o último adeus, e o Palácio de Granito desapareceu por detrás dos altos rochedos do cabo.

Durante as duas primeiras horas de viagem, o *Bonadventure* conservou-se à vista da costa meridional da ilha Lincoln, que bem depressa tomou o aspecto de um cesto de verdura de onde sobressaía o monte Franklin. As eminências, reduzidas pela distância, davam-lhe uma aparência pouco própria para atrair os navios às suas baías.

O promontório do Réptil foi dobrado por volta de uma, mas a 20 quilômetros ao largo. Desta distância já não se distinguia nada na costa ocidental, que se dilatava até as vertentes do monte Franklin, e três horas depois a ilha Lincoln desaparecia totalmente no horizonte.

O *Bonadventure* portava-se maravilhosamente. De tempos em tempos Harbert substituía Pencroff no leme, e era tão firme, que o marinheiro não o podia censurar nem um pouco.

Spilett, quando preciso, ajudava nas manobras, e o capitão Pencroff estava perfeitamente satisfeito com a sua tripulação, e já até falava em gratificá-la com "um pouco de vinho".

A noite chegou, e estava bem escura, mas muito estrelada, pressagiando um belo dia. Por prudência, Pencroff recolheu a vela de flecha para não ser surpreendido por uma rajada com a vela desfraldada em frente do mastro. Seria talvez excesso de precaução para uma noite tão serena, mas Pencroff era um marinheiro prudente, não merecendo censura.

O repórter dormiu parte da noite. Pencroff e Harbert revezaram-se de duas em duas horas ao leme. O marinheiro confiava em Harbert como em si próprio, e sua confiança era justificada pelo sangue frio e juízo do rapaz, que não deixava o barco desviar-se nem uma linha da rota.

Passaram a noite bem, e o dia 12 de outubro correu do mesmo modo. A direção sudoeste foi mantida, e se o *Bonadventure* não sofresse os efeitos de qualquer corrente desconhecida, devia abordar justamente na ilha Tabor.

O mar que a embarcação atravessara era inteiramente deserto. Por vezes alguma ave grande, albatroz ou fragata, cruzava ao alcance de tiro da espingarda, e Gedeon Spilett perguntava a si próprio se seria a algum destes poderosos voadores que ele tinha confiado a sua crônica dirigida ao *New York Herald*. Eram estas aves as únicas que pareciam freqüentar a parte do oceano compreendida entre a ilha Tabor e a ilha Lincoln.

— E no entanto — observou Harbert, — estamos na época em que os baleeiros se dirigem para a parte meridional do Pacífico. Na verdade, acho que não há mar mais abandonado do que este!

— Não é tanto assim! — respondeu Pencroff.

— Estamos aqui. Somos portanto alguns golfinhos, e a nossa embarcação um fiapo de palha.

Spilett riu desta comparação.

O marinheiro fez os cálculos, e esperava que no dia seguinte já avistassem a ilha Tabor. Nenhum deles dormiu esta noite. Estavam inquietos, aguardando o novo dia. Havia tantas incertezas no empreendimento a que tentavam! Estariam próximos

Os tripulantes viram dois homens que lhes acenavam: eram Cyrus e Nab.

da ilha Tabor? Seria ela ainda habitada por aquele náufrago a quem iam socorrer? Quem era aquele homem? Sua presença não traria algum desassossego à tão plácida e pequena colônia? Estas questões seriam resolvidas só no dia seguinte.

— Terra! — gritou Pencroff, às seis da manhã.

E como não era possível que Pencroff se enganasse, logo tinham terra à vista. Imaginem a alegria da pequena tripulação do *Bonadventure*! Dentro de algumas horas, estariam no litoral da ilha!

A ilha Tabor, espécie de costa baixa, que apenas emergia das ondas, estava próxima. O barco navegou em direção ao sul da ilha, e à medida que o sol subia, destacaram-se aqui e ali alguns picos.

— Não passa de uma ilhota, muito menos importante que a ilha Lincoln — observou Harbert.

Às onze horas da manhã o *Bonadventure* estava há apenas 3 quilômetros da costa, e Pencroff que procurava uma passagem para lançar âncora, adiantava-se prudentemente nestas águas desconhecidas.

A ilha já estava visível em seu conjunto; destacando-se os bosques. Mas, coisa singular, nem uma leve nuvem de fumaça indicava que a ilha fosse habitada, nem aparecia um sinal sobre qualquer dos pontos do litoral!

E, contudo, o documento era formal: havia um náufrago, e este devia estar em apuros!

Todavia, o *Bonadventure* arriscava-se entre as passagens caprichosas dos recifes, que Pencroff observava nas mais pequenas sinuosidades e com a maior atenção. Harbert estava ao leme, e examinava as águas, prestes a recolher a vela, cuja drissa estava em suas mãos. Spilett, com a luneta, percorria toda a costa, sem nada distinguir.

Enfim, ao meio-dia, o *Bonadventure* tocou uma praia arenosa. A tripulação do pequeno barco lançou âncora, amainando as velas e desembarcando.

— *Terra!* — gritou Pencroff.

Não havia dúvidas de que era esta a ilha Tabor, porque, segundo os mapas, não havia nenhuma outra ilha nestas paragens no Pacífico, entre a Nova Zelândia e a costa americana.

Amarraram solidamente o barco para que o refluxo do mar não o arrastasse; depois Pencroff e os companheiros, bem armados, subiram a costa para atingir uma espécie de cone de 90 metros de altura, que se elevava a meio quilômetro de distância.

Do cume desta colina — disse Spilett, — poderemos tomar conhecimento do total da ilha, o que facilitará nossas investigações.

— Façamos nesta ilha — disse Harbert, — o que o senhor Cyrus fez na ilha Lincoln, começando por subir o monte Franklin.

— Acho que é mesmo o melhor a ser feito — respondeu o repórter.

Conversando, os exploradores iam caminhando, seguindo a orla de um prado que findava no sopé do cone. Voavam na frente deles bandos de pombos e andorinhas do mar, semelhantes aos da ilha Lincoln. No bosque que se alongava à esquerda do Prado, ouviram o ruído de animais, mas nada que indicasse que a ilha fosse habitada.

Chegando ao pé do cone, os exploradores o galgaram rapidamente, e percorreram com a vista o horizonte.

Estavam realmente num ilhéu, que não media mais que 7 quilômetros de circunferência, cujo perímetro, pouco franjado de cabos ou promontórios, pouco crivado de enseadas e portos, apresentava a forma de uma oval alongada. Em volta, o mar absolutamente deserto estendia-se até os confins do céu. À vista nem mais um palmo de terra, nem sequer uma vela apareciam!

Este ilhéu, recurvado em toda a sua superfície, não oferecia a diversidade de aspecto da ilha Lincoln, árida e selvagem numa parte, mas fértil e rica noutras. Aqui era um montão uniforme de verdura, dominado por duas ou três colinas pouco elevadas. Obliquamente ao oval do ilhéu, corria um regato através de um largo prado e ia lançar-se ao mar na costa ocidental por uma estreita embocadura.

— O espaço é restrito — disse Harbert.

— É verdade — respondeu Pencroff. — É bem pequeno.

— E parece desabitado — acrescentou o repórter.

— É, nada indica a presença do homem — disse Harbert.

— Desçamos — disse Pencroff, — e vamos procurar.

O marinheiro e seus companheiros então retornaram à praia, onde tinham deixado o barco. Tinham decidido dar a volta no ilhéu antes de se aventurarem no interior, de modo que nem um ponto escapasse às suas investigações.

Era fácil percorrer a praia, recortada em alguns pontos por grandes rochedos, facilmente contornáveis. Os exploradores desceram para o sul, fazendo fugir numerosos bandos de aves aquáticas e manadas de focas que se precipitavam no mar logo que os avistavam.

— Esses animais não estão vendo um homem pela primeira vez — observou o repórter. — Temem-nos, portanto, nos conhecem.

Uma hora depois chegaram à ponta sul do ilhéu, terminada por um cabo pontiagudo. Depois subiram para o norte, seguindo ao longo da costa ocidental, igualmente formada de areia e rochas terminadas no interior por espessos bosques.

Em parte alguma havia vestígio de habitação, nem pegada de homem em todo o perímetro do ilhéu, que, depois de quatro horas de marcha, tinha sido percorrido na sua totalidade.

Isto era extraordinário, e devia pensar-se que a ilha Tabor não era ou deixara de ser habitada. Talvez o documento fosse de muitos meses, ou até mesmo anos, e neste caso, o náufrago já tivesse voltado à pátria ou morrido de fome.

Pencroff, Gedeon e Harbert, fazendo estas conjecturas plausíveis, comeram rapidamente à bordo do *Bonadventure*, para recomeçarem a sua excursão e continuá-la até à noite.

Internaram-se então na floresta, e à sua chegada viram fugir um grande número de animais, sobretudo porcos e cabras, que pertenciam às costas européias. Certamente algum baleeiro os desembarcara naquela ilha, onde tinham se multiplicado. Harbert pensou em capturar um ou dois casais, vivos, para levá-los para a ilha Lincoln.

Não restava dúvida de que o ilhéu já tivesse sido visitado por homens, em alguma época. As trilhas abertas nas floresta tornaram isto ainda mais evidente. Troncos de árvores, decepados a machado, estavam cobertos de erva, mostrando que os golpes que sofreram já eram antigos.

— Isso mostra que não só desembarcaram homens neste ilhéu, mas que eles residiram aqui por algum tempo. Quem eram esses homens? Quantos eram, e quantos ainda restam?

— O documento fala de um náufrago só — disse Harbert.

— Pois bem — respondeu Pencroff. — Se ele ainda estiver na ilha, será impossível que não o encontremos.

A exploração recomeçou. O marinheiro e seus companheiros tomaram o caminho que cortava o ilhéu diagonalmente, chegando assim a costear o rio que se dirigia para o mar.

Se a presença de animais de origem européia e alguns trabalhos de mão humana eram sinal incontestável de que o homem já tinha vindo àquela ilha, haviam outras provas também: vários vegetais e hortaliças foram encontrados, plantados em época bem anterior.

Qual foi a alegria de Harbert quando viu entre elas batatas, chicória, cenouras, couves, nabos, e o melhor de tudo, é que bastaria apenas se apanhar a semente para enriquecer a horta da ilha Lincoln.

— Isso fará a nossa delícia, e a de Nab também. Se não pudermos encontrar o náufrago, Deus terá recompensado nossa viagem, tornando-a útil.

— Certamente — respondeu Spilett. — Mas o estado em que se acham estas plantações nos faz supor que o ilhéu não é habitado há muito tempo.

150

— Parece mesmo — concordou Harbert. — Nenhum habitante teria descuidado assim de uma cultura tão importante!

— Tudo nos leva a crer que o náufrago partiu! — acrescentou Pencroff.

— Então, o bilhete que encontramos, seria muito antigo?

— Acho que sim.

— E a garrafa não chegou à ilha Lincoln senão depois de ter boiado por muito tempo?

— Porque não? — respondeu Pencroff. — Já está de noite. É melhor interrompermos nossas pesquisas.

— Tem razão. Vamos voltar para bordo, e amanhã prosseguiremos — disse o repórter.

Era o mais sensato a se fazer, e já iam seguir o conselho quando Harbert, mostrando uma massa confusa por entre as árvores, exclamou:

— Uma casa!

Dirigiram-se imediatamente para a casa indicada, e à luz do crepúsculo puderam distinguir que era construída de tábuas cobertas de tela alcatroada.

Pencroff empurrou a porta, meio fechada, e entrou rapidamente...

A casa estava vazia!

14

O Abandonado

Pencroff, Harbert e Gedeon tinham ficado silenciosos no meio da escuridão.

Pencroff gritou um olá bem forte, mas ninguém lhe respondeu.

O marinheiro então acendeu um pequeno ramo de madeira seca. A luz iluminou por um momento uma saleta, que parecia absolutamente abandonada. Ao fundo da casa havia uma chaminé grosseira com algumas cinzas frias, em cima das quais estavam uns feixes de lenha. Pencroff ateou fogo à lenha, que crepitou chamejando com um vivo clarão.

O marinheiro e seus dois companheiros puderam então ver uma cama desarrumada, cujas roupas úmidas e amareladas provavam que a cama não era usada há muito; a um canto da chaminé viram duas chaleiras cobertas de ferrugem e uma panela virada; noutro lugar, um armário com uma roupa de marinheiro cheia de bolor; em cima da mesa um talher de estanho e uma Bíblia corroída pela ação do tempo; a um canto da casa algumas ferramentas, como uma pá, um enxadão, duas espingardas de caça, uma das quais quebradas; em umas prateleiras em forma de estante, estava um barril com pólvora ainda intacta, outro com chumbo em grão e muitas caixas de balas; tudo isso coberto de espessa camada de pó, que Deus sabe há quantos anos se estariam acumulando.

— Não há ninguém mais aqui — disse o repórter.

— Ninguém! — repetiu Pencroff, surdamente.

— Esta casa não é habitada há tempos — advertiu Harbert.

— Certamente! — concordou o repórter.

— O que me parece, senhor Spilett — disse então Pencroff, — é que, em vez de voltar a bordo, será melhor passarmos a noite aqui.

— Concordo com você, Pencroff — respondeu Spilett, — e se o dono da casa voltar... Ora! Talvez nem se queixe de encontrar o local ocupado!

— Não vai voltar! — disse o marinheiro, balançando a cabeça com incredulidade.

— Acha que ele já não está na ilha? — perguntou o repórter.

— Se ele tivesse saído da ilha, teria levado as armas e ferramentas. Todos nós sabemos o valor que os náufragos dão a tais objetos... Nada! Nada! — repetiu o marinheiro, resoluto. — Da ilha ele não saiu! Se tivesse escapado num barco, feito por ele próprio, também seria improvável que abandonasse estes objetos, tão necessários! E nada! Deve estar na ilha!

— Será que está vivo? — perguntou Harbert.

— Isso não posso dizer. Mas, se morreu, não iria conseguir se enterrar, e nesse caso, encontraremos ao menos os seus restos mortais!

O resultado desta conversa foi combinar-se que passariam a noite ali, na casa abandonada, que com uma provisão de lenha seca, poderia ser suficientemente aquecida. Fechada a porta, Pencroff, Harbert e Spilett sentaram-se num banco, e ali ficaram, conversando pouco, mas refletindo muito. Se de repente a porta se abrisse e o dono da casa aparecesse, certamente eles estenderiam a mão a esse homem, a esse náufrago, como se fosse a um amigo desconhecido que todos esperassem!

Mas não se ouviu o menor ruído, a porta não se abriu e as horas foram passando.

153

Como pareceu comprida esta noite para aqueles três homens! Todos estavam ansiosos por continuar a exploração, e revirar todos os cantos da ilha! O que Pencroff dissera fazia sentido, e como a habitação estava abandonada, e ali estavam todos os apetrechos tão essenciais, certamente o náufrago estava morto. Era preciso, portanto, procurar seus restos mortais e dar-lhe ao menos sepultura cristã.

Assim que o dia despontou, Pencroff e seus companheiros examinaram a casa.

Ela fora construída no melhor local, na encosta de uma colina abrigada por cinco ou seis magníficas gomeiras. Tinham aberto a machado uma clareira entre as árvores, defronte da fachada que deixava ver o mar. Ia-se até à praia por um gramado, que de um lado e de outro era fechado por um tapume de madeira, que estava caindo aos pedaços. À esquerda abria-se a embocadura do rio.

A habitação era feita de tábuas; e percebia-se que a madeira provinha do tombadilho de um navio. Era provável que um navio desamparado tivesse naufragado nas costas do ilhéu, que um homem da tripulação ao menos tivesse se salvado, e que, tendo instrumentos à mão, construísse uma casa com os restos do navio.

Isto ficou evidente quando Spilett, depois de ter andado em volta da casa, descobriu uma tábua, onde estavam algumas letras, meio apagadas:

BR. TAN.. A.

— *Britania*! — exclamou Pencroff. — É um nome comum a muitos navios. Mas como saber se era inglês ou americano?

— Isso pouco importa, Pencroff!

— Tem razão, porque nós salvaríamos o homem que sobreviveu, qualquer que fosse sua nacionalidade. Antes de recomeçarmos a exploração, vamos voltar até o *Bonadventure*.

Pencroff estava inquieto a respeito do seu barco. Suponhamos que o ilhéu fosse habitado, e que um dos habitantes

154

tivesse se apoderado dele... Mas então, achando esta possibilidade inverossímil, deu de ombros.

Apesar disso, o marinheiro preferiu ir até o barco. O caminho, que já estava aberto, não era longo, cerca de 2 quilômetros. E eles puseram-se a caminho, perscrutando a floresta.

Vinte minutos depois, Pencroff e seus companheiros avistaram a costa oriental da ilha, e o *Bonadventure*, firmemente ancorado. O marinheiro não pôde conter um suspiro de satisfação. Afinal de contas, aquele barco era seu filho, e é direito dos pais inquietarem-se pelos filhos mais do que é razoável.

Subiram a bordo, fizeram uma boa refeição, e só então retomaram a exploração.

Era natural que supusessem que o único habitante da ilha tivesse morrido. Eram mais os vestígios de um morto que Pencroff e seus companheiros procuravam! As pesquisas não tiveram resultado nenhum, embora passassem metade do dia procurando por entre a floresta. Começavam a acreditar que algum animal feroz o devorara até o último osso.

— Partiremos amanhã ao romper do dia — disse Pencroff aos companheiros, enquanto descansavam embaixo de um pinheiro.

— Creio que poderemos levar os utensílios que pertenceram ao náufrago. Não lhe fará mais falta... — acrescentou Harbert.

— Também penso assim — disse Spilett. — Essas armas e utensílios completarão o material do Palácio de Granito. A reserva de chumbo e pólvora é importante.

— E não devemos esquecer de capturar um ou dois casais de porcos, que a ilha Lincoln não possui — lembrou Pencroff.

— E apanhar as sementes — acrescentou Harbert, — que irão nos fornecer legumes do velho e do novo continente.

— Talvez fosse melhor ficarmos aqui mais um dia, para recolhermos tudo o que nos possa ser útil — ponderou o repórter.

155

— Não, senhor Spilett — disse Pencroff. — Peço-lhe, ao contrário, que façamos o possível para partirmos amanhã, logo ao romper do dia. Parece-me que o vento tende a virar a oeste, e podemos partir com bom tempo, assim como viemos.

— Então, não percamos tempo — disse Harbert, levantando-se.

— Não percamos tempo! — concordou Pencroff. — Harbert, trate de apanhar as sementes, porque você as conhece melhor do que nós. Enquanto isso, eu e o senhor Spilett vamos caçar os porcos, e apesar da ausência de Top, espero que consigamos apanhar algum!

Harbert pegou o atalho que devia conduzi-lo à parte cultivada do ilhéu, enquanto o marinheiro e o repórter entravam diretamente na floresta.

Os caçadores viram fugir diante deles vários exemplares da caça, que agilmente mostravam não estarem dispostos a serem agarrados. Contudo, depois de muito esforço, conseguiram apoderar-se de um casal que se tinha escondido numa parte mais espessa da floresta. Eis que, de repente, escutaram-se gritos estridentes a algumas centenas de passos ao norte da ilha, e juntamente com estes gritos, uns rugidos que nada tinham de humanos.

Pencroff e Spilett pararam assustados, e os porcos aproveitaram para fugir.

— É a voz de Harbert! — gritou o repórter.

— Vamos correndo! — exclamou Pencroff.

O marinheiro e Spilett precipitaram-se para o local de onde partiam os gritos, e ao darem a volta, ao pé de uma clareira, viram o rapaz derrubado por um ente selvagem, um macaco gigantesco talvez, e que de certo não tinha boas intenções.

Imediatamente os dois atiraram-se contra o mostro, derrubando-o, e com grande esforço, os dois conseguiram imobilizá-lo.

— Está ferido, Harbert? — perguntou Spilett.

156

Eles então viram Harbert caído, derrubado por um ente selvagem.

— Não! Não!

— Ah! Se este macaco lhe tivesse feito algum mal! — exclamou Pencroff.

— Mas não é um macaco! — respondeu Harbert.

A estas palavras, Pencroff e Spilett olharam atentamente para aquele ente singular, que estava deitado no chão.

Na verdade não era um macaco! Era uma criatura humana, um homem! Mas que homem! Um selvagem, na acepção mais horrível da palavra, e que parecia ter caído no último grau de estupidez.

Cabeleira hirsuta, barba malcuidada, descendo até ao peito, corpo quase nu, olhar feroz, mãos enormes, unhas compridas, pés endurecidos tal como se fossem cascos: tal era a miserável criatura a quem, apesar de tudo, tinham que chamar de homem! Mas tinham o direito de duvidar se naquele corpo havia alma, ou se nele só teria ficado o instinto do animal!

— Está bem certo de que isto seja um homem? — perguntou Pencroff ao repórter.

— Não há dúvida!

— Será ele o náufrago? — perguntou Harbert.

— Talvez — respondeu Spilett. — Mas o desgraçado nada tem mais de humano!

O repórter tinha razão. Era evidente que se o náufrago fora outrora civilizado, o isolamento o fizera um selvagem ou, talvez pior, um verdadeiro homem dos bosques. Soltava sons roucos e guturais por entre os dentes, que eram aguçados como os dos carnívoros, próprios só para despedaçar carne crua. Havia muito tempo decerto que tinha perdido a memória, e nem talvez soubesse mais como servir-se dos utensílios e armas, nem mesmo fazer fogo! Era ágil e flexível, mas todas as qualidades físicas se lhe tinham desenvolvido com detrimento das morais.

Spilett dirigiu-lhe a palavra. Ele não deu mostras de compreender, nem mesmo de ouvir... E todavia o repórter, examinando-o bem, pensou que não estava ainda completamente extinta nele a luz da razão.

O selvagem não se defendia, nem se esforçava para se libertar. Estaria aniquilado com a presença destes homens, de quem já fora semelhante? Despertaria nalgum recanto do seu cérebro uma reminiscência fugitiva que o restituíssem à humanidade? O que faria ele se o libertassem? Fugiria ou ficaria? Ninguém podia saber, nem tentaram a experiência. Depois de ter observado o miserável com toda a atenção, Spilett disse:

— Quem quer que seja, quem quer que fosse e quem quer que possa ser, a nossa obrigação é levá-lo para a ilha Lincoln!

— Sim! Sim! — respondeu Harbert. — Talvez seja possível, à custa de esforços, despertar-lhe algum vislumbre de inteligência!

— A alma não morre — disse o repórter, — e que grande alegria seria se pudéssemos arrancar ao embrutecimento esta criatura de Deus!

Pencroff sacudiu a cabeça, com ar de dúvida.

— Em todo caso — disse o repórter, — os deveres de humanidade obrigam-nos a fazer a tentativa.

Era esta, com efeito, a obrigação de entes civilizados e cristãos. Todos ali compreendiam isto, e sabiam que Cyrus Smith iria aprovar este procedimento.

— Vamos levá-lo assim, amarrado? — perguntou Pencroff.

— Vamos soltar-lhe os pés. Talvez ele ande — disse Harbert.

— Vamos ver — disse Pencroff.

Desataram as cordas dos pés, mas os braços continuaram fortemente amarrados. Ele levantou-se sozinho, e não manifestou desejo de fugir. Lançava um olhar penetrante aos três homens. Nada indicava que ele se lembrasse de que era, ou pelo menos fora, um semelhante daqueles homens. Saía-lhe dos lábios um silvo contínuo; o seu aspecto era feroz, mas não tentava resistir.

Por conselho do repórter, conduziram o infeliz à sua habitação. Talvez a visão dos objetos que lhe haviam pertencido causassem nele alguma impressão! Talvez bastasse uma só faísca para despertar aquele pensamento extinto, ou para iluminar aquela alma amortecida!

A casa não estava longe, e dentro em pouco ali estavam. Mas o prisioneiro nada reconheceu, parecendo ter perdido a consciência de tudo!

O que poderia conjecturar-se do embrutecimento em que tinha caído este miserável, a não ser que a sua estada no ilhéu já era muito antiga, e que o isolamento reduzira àquele estado um ente racional?

O repórter então pensou que talvez a visão do fogo tivesse algum efeito sobre ele, e num momento fez brilhar uma dessas fogueiras que até atraem os animais.

O infeliz fixou a atenção no fogo; mas pouco depois recuou e recaiu no mesmo estado.

Era evidente que não havia nada a fazer no momento, senão levá-lo para bordo do *Bonadventure*. E assim o fizeram, deixando-o sob a guarda de Pencroff.

Harbert e Spilett voltaram ao ilhéu para terminarem suas tarefas. Algumas horas depois voltaram à praia, trazendo as ferramentas e armas, sementes de hortaliças que haviam apanhado, algumas peças de caça e dois casais de porcos. Embarcaram tudo, e o *Bonadventure* estava preparado para levantar âncora logo que viesse a maré do dia seguinte.

Colocaram o prisioneiro no quarto de proa, onde ele ficou silencioso, quieto, surdo e mudo.

Pencroff ofereceu-lhe comida, mas ele repeliu a carne cozida, da qual, sem dúvida alguma, já não gostava. E com efeito, quando o marinheiro lhe mostrou um dos patos que Harbert matara, lançou-se sobre ele com uma avidez bestial e devorou-o logo.

— Vocês acham que isto tem jeito? — disse Pencroff, abanando a cabeça.

— Talvez — respondeu o repórter. — Não é impossível que nossas tentativas acabem por agir sobre ele, porque se foi a solidão que o fez assim, de hoje em diante nunca mais estará só!

— Há muito tempo, com toda a certeza, que o pobre homem se acha neste estado! — disse Harbert.

— Quem sabe? — considerou Spilett.

— Qual será a idade dele? — perguntou o rapaz.

— Difícil saber — respondeu o repórter, — porque não se pode ver as feições sob esta barba tão espessa que lhe cobre a cara; mas julgo que não é novo; talvez não tenha menos de cinqüenta anos.

— Já notou, senhor Spilett, que ele tem os olhos encovados nas órbitas? — perguntou o rapaz.

— É verdade, Harbert, mas são mais humanos do que se poderia julgar pelo aspecto da pessoa.

— Veremos — disse Pencroff. — Tenho curiosidade em saber o que falará o senhor Smith do nosso selvagem. Íamos procurar uma criatura humana e trouxemos um monstro! Enfim, faz-se o que se pode!

Durante a noite, ninguém soube dizer se o prisioneiro dormiu ou não, mas o caso é que ele nem se moveu, mesmo estando desamarrado. Era como essas feras, nas quais os primeiros momentos de cativeiro produzem uma prostração, para mais tarde se erguerem raivosas.

Ao despontar ò dia 15 de outubro, o tempo havia virado, tal como Pencroff previra. O vento agora era noroeste, favorecendo a volta do *Bonadventure*.

Partiram às cinco da manhã, e não houve incidente algum no primeiro dia de viagem. O prisioneiro manteve-se sossegado, e como tinha sido marinheiro, ao que parecia, as oscilações do mar produziam nele uma reação salutar. Virialhe à memória alguma reminiscência da sua antiga profissão? Fosse como fosse, o caso é que se conservava tranqüilo, mais abatido do que espantado.

A 16 de outubro o vento já não estava tão favorável ao *Bonadventure*, que saltava sobre as ondas. Pencroff viu-se obrigado a alterar um pouco a rota, e sem dizer nada, começou a inquietar-se com o estado do mar. Se o vento não mudasse, certamente gastariam mais tempo para voltar à ilha Lincoln do que tinham empregado para ir à ilha Tabor.

Na manhã do dia 17, quarenta e oito horas depois que o *Bonadventure* tinha partido, ainda não havia indício algum de que se estivesse nas águas da ilha. Além disso, não podiam estimar a distância percorrida, porque a direção e a velocidade tinham sido muito irregulares.

Passadas vinte e quatro horas, ainda não havia terra à vista. O vento estava pouco favorável, e o mar agitado. Foi preciso manobrar com rapidez as velas da embarcação, que eram açoitadas por grandes ondas. No dia 18 o barco chegou a ser completamente coberto por uma onda, e os tripulantes teriam sido arrastados ao mar se não tivessem tido a cautela de se amarrarem no convés.

Foi nesta ocasião que Pencroff e os companheiros, muito atarefados, foram inesperadamente auxiliados pelo selvagem, que saltou pela escotilha, como se lhe tivessem voltado os seus instintos de marinheiro, e quebrou os paveses com um vigoroso golpe, para fazer sair mais depressa a água que alagava o convés. Depois da embarcação estar aliviada, sem pronunciar uma palavra, voltou ao seu lugar.

Pencroff, Spilett e Harbert, estupefatos, pararam com as manobras.

Contudo, a situação não era boa, e o marinheiro tinha razões para se julgar perdido no meio deste imenso mar.

Foi escura e fria a noite de 18 para 19. Porém, pelas onze horas, o vento amainou, o mar abateu, o *Bonadventure*, menos sacudido, adquiriu velocidade maior. De resto, o barco resistira otimamènte ao mar.

Ninguém pensou em dormir sequer uma hora. Velaram com extremo cuidado, porque, ou a ilha Lincoln não estava longe, o que havia de saber-se ao despontar do dia, ou o *Bonadventure*, arrastado pelas correntes, tinha derivado, e tornava-se quase impossível nesse caso retificar-lhe a direção. Contudo, mesmo estando inquieto, Pencroff não se desesperava, porque tinha uma alma de rija têmpera, e ao leme, esforçava-se obstinadamente por penetrar as densas trevas que o envolviam.

Às duas horas da manhã levantou-se repentinamente e gritou:

— Uma fogueira! Uma fogueira!

E com efeito, um vivo clarão apareceu à distância de uns 20 quilômetros para nordeste. Era ali a ilha Lincoln, e esta fogueira, evidentemente acesa por Cyrus Smith, indicava o caminho que tinham a seguir.

Pencroff corrigiu a rota, navegando rumo ao fogo que brilhava acima do horizonte, como uma estrela de primeira grandeza.

15

O REGRESSO

No dia seguinte, 20 de outubro, por volta das sete da manhã, depois de quatro dias de viagem, o *Bonadventure* aproou brandamente na foz do Mercy. Cyrus Smith e Nab, inquietos por causa do mau tempo e pela prolongada ausência dos companheiros, tinham subido ao platô da Vista Grande, ao raiar do dia, e finalmente avistavam a embarcação, que tanto tardara em voltar!

— Estão chegando! Deus seja louvado! — exclamou Cyrus Smith, enquanto Nab pulava de contentamento.

A primeira idéia do engenheiro, ao contar as pessoas que descobriu no convés do barco, foi que Pencroff não tinha encontrado o náufrago da ilha Tabor, ou que então o infeliz se recusara a abandonar sua ilha, trocando uma prisão por outra.

E com efeito Pencroff, Spilett e Harbert estavam sós no convés do *Bonadventure*.

No momento em que a embarcação atracou, o engenheiro e Nab já estavam esperando na praia, e antes que os passageiros saltassem em terra, Cyrus lhes disse:

— Estávamos preocupados! Aconteceu alguma coisa?

— Não — respondeu Spilett, — tudo correu bem. Vamos já contar-lhes tudo!

— Mas acho que não encontraram ninguém, já que não trouxeram o náufrago!

— Mas nós o encontramos!

— E vocês o trouxeram?

— Sim.

— Vivo?

— Sim!

— Mas onde ele está? Quem é ele?

— É — respondeu o repórter, — ou melhor dizendo, era um homem! Eis aqui, Cyrus, tudo o que podemos lhe dizer!

Os viajantes então puseram Cyrus e Nab a par de tudo o que se passara durante a viagem. Disseram-lhe em que condições tinham feito as suas pesquisas, como a pequena habitação do ilhéu fora abandonada desde muito, e enfim como puderam capturar um náufrago que parecia ter deixado de pertencer à espécie humana.

— E é por isto — acrescentou Pencroff, — que não sei se fizemos bem em trazê-lo.

— Certamente que fizeram bem, Pencroff! — respondeu o engenheiro, com vivacidade.

— Mas o infeliz já não tem raciocínio!

— Por enquanto — respondeu Smith. — Mas há alguns dias ainda este infeliz era um homem, como você e eu. Quem sabe em que se tornaria o último de nós que sobrevivesse depois de uma longa solidão nesta ilha! Desgraçado de quem é só, meus amigos, e forçoso é acreditar que o isolamento lhe tirou depressa a razão, visto que encontraram esta pobre criatura em tal estado!

— Mas, senhor Cyrus — perguntou Harbert, — porque julga que o estado em que este homem se encontra seja de poucos meses?

— Porque o documento que encontramos foi escrito há pouco tempo — respondeu o engenheiro, — e só o náufrago podia tê-lo escrito.

— A não ser — observou Spilett, — que tenha sido redigido por um companheiro já falecido deste homem.

165

— É impossível.

— Porque?

— Porque o documento não fala senão de um náufrago — disse Smith.

Harbert então contou rapidamente os incidentes da travessia, e insistiu sobre o fato curioso da espécie de ressurreição transitória que se operou no espírito do prisioneiro quando por um momento se tornou marinheiro, no meio da tempestade.

— Tem razão, Harbert — respondeu o engenheiro, — em dar grande importância a este fato. O infeliz não há de ser incurável, e foi o desespero que o deixou assim. Mas aqui torna a encontrar os seus semelhantes, e visto que nele ainda se revela uma alma, nós a salvaremos!

Trouxeram então o náufrago da ilha Tabor, que causou grande pena ao engenheiro e não menor espanto em Nab. Assim que se viu em terra, o infeliz tentou fugir.

Mas Cyrus Smith aproximou-se, pôs-lhe a mão no ombro com um gesto de autoridade e olhou-o com infinita doçura. O desgraçado, como que sentindo uma espécie de dominação súbita, sossegou pouco a pouco, baixou os olhos, baixou a cabeça e não ofereceu mais resistência.

— Pobre abandonado! — murmurou o engenheiro.

Cyrus Smith tinha-o observado atentamente. Se avaliasse esta miserável criatura pela aparência, concluiria que nada tinha de humano, mas assim como o repórter, Smith surpreendeu-lhe no olhar como que um clarão de inteligência.

Decidiram que o abandonado, ou antes o desconhecido, porque foi assim que os seus novos companheiros o designaram, habitaria o Palácio de Granito, de onde certamente não podia fugir. Deixou-se levar sem dificuldade, e mediante solícitos cuidados, era de esperar que viesse a ser um companheiro dos colonos da ilha Lincoln.

Durante a refeição, que Nab prepara às pressas, porque Harbert e Pencroff estavam famintos, Cyrus quis que os viajantes lhe contassem detalhadamente todos os incidentes da viagem de exploração ao ilhéu; e concordou com os companheiros que o tal desconhecido devia ser inglês ou americano, como fazia supor o nome do navio, *Britannia*. Não só por isto, mas porque sob a barba e cabeleira maltratada do solitário, o engenheiro julgara reconhecer as feições da raça anglo-saxônica.

— Antes que me esqueça — disse Spilett, dirigindo-se a Harbert, — ainda não nos contou como encontrou esse selvagem. Sabemos apenas que tivemos sorte de chegar a tempo, antes que ele o estrangulasse.

— Para falar a verdade — respondeu Harbert, — ainda que eu queira contar o que se passou, não será fácil. Eu estava colhendo as sementes, quando ouvi um ruído no alto de uma árvore muito alta. Mal tive tempo de me virar... Esse infeliz, que provavelmente estava escondido na árvore, caiu sobre mim tão rapidamente...

— Meu querido filho! — disse Smith. — Você correu um sério perigo, é verdade, mas se isso não acontecesse, talvez esse infeliz voltasse a se esconder, e agora não teríamos mais um companheiro.

— Então, Cyrus, você acredita que possa fazer dele um homem civilizado? — perguntou o repórter.

— Acredito — disse simplesmente o engenheiro.

Assim que terminaram a refeição, Cyrus e seus companheiros voltaram à praia, para descarregar o *Bonadventure*. O engenheiro examinou cuidadosamente as armas e ferramentas encontradas na ilha Tabor, mas não encontrou nada que lhe pudesse servir de base segura para verificar a identidade do desconhecido.

A captura dos porcos foi considerada muito proveitosa, e os animais foram logo levados para o curral, onde se aclimatariam sem dificuldades.

A barrica de pólvora e a de chumbo, bem como a caixa de balas foram descobertas festejadas. Decidiu-se a construção de um paiol fora do Palácio de Granito, para que não houvesse o risco de alguma explosão.

167

— Acho melhor levar o *Bonadventure* para um local mais seguro — disse Pencroff, assim que terminaram os trabalhos de descarregamento.

— Mas ele não está seguro aqui no Mercy? — perguntou o engenheiro.

— Não, senhor Cyrus — respondeu o marinheiro. — Aqui o barco ficará mais tempo encalhado na areia do que à tona da água, e isso o estragará. E seria uma pena, porque a embarcação é boa, e agüentou admiravelmente a tempestade que enfrentamos na volta.

— Mas não poderia conservar-se boiando aqui mesmo, no rio?

— Podia, senhor Cyrus, mas aqui na foz não há abrigo, e quando o vento soprasse de leste, o barco sofreria muito com os golpes do mar.

— E quer levá-lo para onde, Pencroff?

— Para o porto Balão, cuja pequena enseada, coberta pelas rochas, me parece o melhor abrigo para o nosso barco.

— Mas não ficará muito longe?

— Ora! Ficará apenas a poucos quilômetros do Palácio de Granito, e com uma ótima estrada para chegar até lá!

— Faça como achar melhor, Pencroff — disse o engenheiro. — Mas, cá para nós, gostaria de ter o barco aqui, sob nossa vigilância. Enfim, quando sobrar tempo, arranjaremos um porto artificial.

— Ótima idéia! — exclamou Pencroff. — Sim senhor! Um porto, com farol, cais e doca de consertos! Na verdade, senhor Cyrus, conosco tudo se torna fácil, até demais!

— Pois sim, meu caro Pencroff — respondeu o engenheiro, — mas é com uma condição, a de ter você como meu auxiliar, porque na verdade, de três quartas partes de tudo quanto faço, você é o verdadeiro autor.

E depois desta resolução, Pencroff e Harbert levaram o barco para as tranqüilas águas de porto Balão.

Teria acaso o desconhecido, durante aqueles primeiros dias que passaram no Palácio de Granito, dado motivo para se supor que houvera alguma modificação na sua natureza selvagem? Voltaria a alma a tomar posse daquele corpo? Decerto que sim, e a tal ponto que tanto Cyrus como o repórter começaram a duvidar que a luz da razão alguma vez se tivesse apagado totalmente no cérebro do infeliz solitário da ilha Tabor.

A princípio o desconhecido, habituado ao ar livre, à ilimitada liberdade que gozava na ilha Tabor, manifestara por vezes sintomas de mal contida fúria, havendo até receio de que ele se arremessasse à praia por alguma das janelas do Palácio de Granito. Pouco a pouco, porém, foi sossegando, a ponto dos colonos deixarem-no em total liberdade.

Havia, pois, razões para se ter esperança. O desconhecido esquecera já os seus instintos de carnívoro a ponto de aceitar comer carne cozida, sem manifestar a repulsa que mostrara a bordo do *Bonadventure*.

Cyrus Smith, aproveitando-se de um momento em que o solitário dormia, cortou-lhe o cabelo e a enorme barba, que formavam uma espécie de crina e lhe davam aparência tão selvagem. O resultado foi que, graças a tantos cuidados, o desconhecido readquiriu aspecto humano, percebendo-se até certa doçura em seu olhar. O rosto daquele homem, outrora iluminado pela inteligência, devia até ser dotado de uma certa beleza.

O engenheiro se impôs a tarefa de passar todos os dias algumas horas em companhia do desconhecido, e vinha trabalhar junto dele, ocupando-se sempre de coisas que lhe fixassem a atenção. Efetivamente, o mais rápido clarão podia reacender a apagada luz daquela alma, a mais insignificante recordação que atravessasse aquele cérebro podia trazer consigo a razão. Prova disto era o que sucedera a bordo do *Bonadventure* durante a tempestade!

Smith também não deixava de conversar com o solitário em voz alta, de modo a tentar trazer alguma luz àquela inteligência

169

entorpecida. Ora um, ora outro, seus companheiros juntavam-se a ele no desempenho desta árdua tarefa. A maior parte das vezes escolhiam para tema da conversa algo relacionado com a náutica, e que achavam ser mais interessantes para um marinheiro. Havia momentos em que o desconhecido prestava vaga atenção ao que se dizia, tanto que os colonos em breve se convenceram de que ele compreendia algo. Por vezes até lia-se em seu rosto uma expressão de profunda dor, prova de que sofria interiormente, pois a sua fisionomia não poderia enganar até este ponto; mas não falava, embora por diversas vezes parecesse que algumas palavras iam lhe escapar dos lábios.

Fosse o que fosse, o pobre ser estava sossegado e triste! Mas não seria o seu sossego apenas aparente? Não seria a sua tristeza mais do que a conseqüência do degredo? Nada se podia afirmar. Não vendo mais do que certos objetos e num limitado horizonte, em incessante contato com os colonos, com os quais devia acabar por se habituar, não tendo que satisfazer desejo algum, mais bem sustentado, vestido, era natural que a sua natureza física se modificasse pouco a pouco; mas penetrava-o uma vida nova, ou antes, para empregarmos termo que pudesse justamente aplicar-se, não estava ele domesticado, como um animal ao seu dono? Este era um problema importante, e o qual Cyrus tinha pressa em resolver, e contudo, ele não queria afligir o seu doente! Para ele o desconhecido não era senão um doente, e que ainda poderia ser um convalescente!

Cyrus o observava a todo o instante! Espreitava-lhe a alma, sempre pronto a surpreendê-lo!

Os colonos seguiam com sincera comoção todas as fases desta cura empreendida por Cyrus Smith. Ajudavam-no também nesta obra humanitária, e todos, até o incrédulo Pencroff, passaram a compartilhar sua esperança e fé. E, em seu sossego, o desconhecido mostrava certa afeição ao engenheiro, por quem era visivelmente influenciado.

Cyrus resolveu, portanto, experimentá-lo, transportando-o por outro meio diante deste oceano a que outrora estivera acostumado, à margem dessas florestas que deviam recordar-lhe aquelas onde passara tantos anos de sua vida!

— Mas — disse Spilett, — e se ele fugir, ao se ver em liberdade?

— É um risco que teremos que tomar — respondeu Cyrus.

— Estamos arranjados! — disse Pencroff. — Quando este tratante tiver espaço diante dele, e se sentir livre, pernas para que te quero!

— Não creio — retorquiu Smith

— Vamos experimentar — tornou Spilett.

— Sim, vamos experimentar — concluiu Smith.

Era o dia 30 de outubro, e portanto havia nove dias que o náufrago da ilha Tabor estava prisioneiro no Palácio de Granito. Fazia calor, e um belo sol lançava seus raios sobre a ilha.

Smith e Pencroff foram ao quarto ocupado pelo desconhecido, que encontraram deitado, a olhar para o céu.

— Venha, meu amigo — disse-lhe o engenheiro.

O desconhecido ergueu-se imediatamente, fixando o olhar em Smith e o acompanhando. O marinheiro foi atrás dele, confiando pouco nos resultados da experiência.

Chegando à porta, Smith e Pencroff fizeram-no tomar lugar no elevador, enquanto Nab, Harbert e Spilett os esperavam junto à muralha do Palácio de Granito. O cesto desceu, e em alguns instantes estavam todos reunidos na praia.

Os colonos afastaram-se um pouco do desconhecido, a fim de lhe deixarem alguma liberdade.

Este deu alguns passos, adiantando-se para o mar. O olhar cintilou com extrema animação, mas ele não tentou fugir; olhava para as ondas, que vinham morrer na areia.

— Isto não é senão o mar — observou Spilett, — e é possível que ele apenas lhe inspire o desejo de fugir!

— Sim — respondeu Smith, — e é preciso conduzi-lo ao platô na orla da floresta. Aí a experiência será mais concludente.

— Além disso, ele não poderá safar-se — acrescentou Nab, — porque as pontes estão suspensas.

— Oh! — retorquiu Pencroff. — Ele não é homem que se aperte com um regato como o riacho Glicerina! Julgo-o capaz até de o atravessar de um salto!

— Veremos — foi só o que disse Smith, cujos olhos não abandonavam os do doente.

Em seguida, conduziram-no para a foz do Mercy, e subindo a margem esquerda do rio, chegaram ao platô da Vista Grande. O desconhecido, logo que chegou à orla da floresta, cuja folhagem era levemente agitada pela brisa, pareceu aspirar com embriaguez o aroma penetrante que impregnava a atmosfera, e suspirou profundamente.

Os colonos mantiveram-se a postos, prontos a prendê-lo se o desconhecido fizesse qualquer movimento de fuga.

E com efeito, a pobre criatura estava quase a lançar-se na enseada que o separava da floresta. E então, de repente, ajoelhou-se e uma lágrima deslizou de seus olhos.

— Ah! — exclamou Smith. — Eis novamente o homem, visto que está chorando!

16
O MOINHO

Sim! O pobre infeliz tinha chorado! Sem dúvida lhe atravessara o espírito alguma recordação, e segundo a expressão de Cyrus Smith, tinha-se feito homem pelas lágrimas.

Os colonos soltaram-no durante algum tempo no platô, afastando-se mesmo um pouco, de forma que ele se sentisse livre; mas o infeliz não pensou em aproveitar de forma alguma esta liberdade, e Smith decidiu-se a levá-lo para o Palácio de Granito.

Dois dias depois desta cena, o desconhecido parecia querer participar pouco a pouco da vida comum. Era evidente que o infeliz ouvia e compreendia, mas não era menos evidente que ele teimava ferozmente em não falar aos colonos, porque uma noite Pencroff, encostando o ouvido à porta do quarto dele, ouviu estas palavras, pronunciadas pelo desconhecido:

— Não! Aqui! Eu! Nunca!

O marinheiro comunicou este fato aos companheiros.

— Há, decerto, algum mistério tristíssimo! — disse Smith.

O desconhecido começara a servir-se dos utensílios de lavoura e trabalhava na horta. Quando descansava, ficava concentrado consigo mesmo; mas em virtude da recomendação do engenheiro, todos respeitavam o isolamento que ele parecia querer guardar. Se qualquer dos colonos se aproximava dele, recuava, arfando. Seria o remorso que o aca-

173

brunhava aquele ponto? Era o mais provável, e Spilett não pôde deixar de observar:

— Se ele não fala, é porque, creio eu, teria coisas gravíssimas a dizer!

Era preciso paciência.

Alguns dias depois, a 3 de novembro, o desconhecido, que trabalhava no platô, parou, deixou cair por terra a enxada, e Smith, que o observava a alguma distância, viu mais uma vez as lágrimas que lhe corriam pela cara, e levado por um sentimento de irresistível compaixão, aproximou-se dele, tocando-lhe levemente no braço.

— Meu amigo? — disse ele.

O olhar do desconhecido evitou o engenheiro, e como este tentasse pegar-lhe na mão, o infeliz afastou-se vivamente.

— Meu amigo — disse Cyrus Smith, com mais firmeza, — olhe para mim!

O desconhecido então olhou para o engenheiro, e parecia estar sob sua influência, como que hipnotizado. Quis fugir, mas então sua fisionomia transformou-se completamente. O seu olhar cintilava, os lábios tentavam articular palavras. Já não podia conter-se!... Finalmente cruzou os braços, e em seguida, com voz surda, disse a Smith:

— Quem são vocês?

— Náufragos, como você — respondeu o engenheiro, comovido. — Fomos buscá-lo para o meio de seus semelhantes.

— Meus semelhantes!... Eu não tenho semelhantes!

— Está cercado de amigos...

— Amigos!... Eu! Amigos! — exclamou o desconhecido, ocultando a cabeça nas mãos. — Não... Nunca!... Me deixe!

E fugiu para o lado do platô que dominava o mar, e ali ficou imóvel muito tempo.

Smith voltou para junto dos companheiros, contando-lhes tudo o que acontecera.

— Sim! Há um mistério na vida deste homem — disse Spilett, — e parece que só o remorso o fez voltar à humanidade.

— Não sei bem que espécie de homem trouxemos para cá — disse o marinheiro. — Há um segredo...

— Que nós vamos respeitar — respondeu vivamente Cyrus Smith. — Se ele cometeu algum delito, expiou-o cruelmente, e para nós está absolvido.

O desconhecido conservou-se durante duas horas no mesmo local, remoendo o passado, — um passado funesto, sem dúvida, — e os colonos, sem o perder de vista, não perturbaram o seu isolamento.

Contudo, passadas duas horas, parecia ter tomado uma resolução, e aproximou-se de Cyrus Smith. Mas já não estava chorando. Sua fisionomia exprimia profunda humildade. Parecia tímido, envergonhado, encolhia-se e tinha os olhos voltados para o chão.

— Senhor — disse ele ao engenheiro, — vocês são todos ingleses?

— Não, somos americanos.

— Ah! — exclamou o desconhecido, acrescentando: — Melhor que seja assim.

— E você, meu amigo? — perguntou o engenheiro.

— Inglês — respondeu ele, prontamente.

E como estas poucas palavras lhe tivessem custado muito, afastou-se da praia, percorreu-a desde a cascata até a embocadura do Mercy, num estado de extrema agitação, e passando junto a Harbert, perguntou-lhe com voz entrecortada:

— Em que mês estamos?

— Dezembro — respondeu Harbert.

— De que ano?

— 1866.

— Doze anos! Doze anos! — exclamou ele, afastando-se repentinamente.

Harbert contou aos outros então este curto diálogo.

— Aquele infeliz — disse Spilett, — não sabia nem o ano!

— E já estava naquela ilha há doze anos, quando o encontramos — acrescentou Harbert.

— Doze anos! — murmurou Smith. — Ah! Doze anos de isolamento, e talvez depois de uma vida horrível, são motivos suficientes para alterar o juízo de um homem!

— Estou convencido — disse Pencroff, — que não foi por naufrágio que este homem veio parar aqui. Talvez tenha sido abandonado, como castigo de algum crime.

— Creio que tem razão, Pencroff — respondeu o repórter, — e sendo assim, é possível que aqueles que o deixaram na ilha venham buscá-lo algum dia!

— E não o encontrarão — disse Harbert.

— Mas então, seria preciso voltar e... — replicou Pencroff.

— Meus amigos — disse Smith, — não vamos tratar deste assunto sem antes sabermos a verdade. Estou convencido de que este infeliz tem sofrido bastante, tendo expiado severamente as culpas, quaisquer que sejam, e sente grande desejo de desabafar. Não vamos insistir para que ele nos conte. Irá fazê-lo, sem dúvida, e então saberemos o que fazer. Só ele poderá dizer se conservou a esperança de um dia voltar à pátria, mas duvido!

— Por que? — perguntou Spilett.

— Porque se ele tivesse certeza que o viriam libertar, numa época determinada, esperaria a hora em que o viessem buscar, e não lançaria aquele documento ao mar. O mais provável é que este homem estivesse condenado a morrer naquela ilha, sem tornar a ver seus semelhantes!

— Mas — observou o marinheiro, — há em tudo isto uma coisa que eu ainda não pude entender...

— O que é?

— Se este homem foi abandonado na ilha Tabor há doze anos, é de se supor que ele já estivesse há bastante tempo neste estado de selvageria em que o encontramos!

— É provável — respondeu Cyrus.

— Deve ter escrito aquele bilhete, então, há muitos anos!

— Sem dúvida... e no entanto, o bilhete parecia ter sido escrito recentemente...

— Além disso, como se pode imaginar que a garrafa que continha o documento demorasse tantos anos para vir da ilha Tabor à ilha Lincoln?

— Não é impossível — disse o repórter. — A garrafa já podia estar por aqui!

— Não — respondeu Pencroff. — Ela ainda boiava, e mesmo tendo se conservado mais ou menos tempo na praia, o mar a levaria novamente, porque sendo a costa cheia de rochedos, teria se quebrado.

— Tem razão — disse Smith, pensativo.

— Além disso — acrescentou o marinheiro, — se o documento tivesse muitos anos, se ficasse muito tempo fechado na garrafa, estaria de certo avariado pela umidade, e ele, ao contrário, achava-se perfeitamente conservado.

A observação do marinheiro era muito justa, e na verdade havia ali um fato incompreensível, porque o documento parecia ter sido recentemente escrito quando os colonos o tiraram da garrafa. Além disso, indicava a situação da ilha Tabor em latitude e longitude com toda a precisão, prova de que seu autor possuía conhecimentos vastos de hidrografia, que um simples marinheiro não podia ter.

— É inexplicável — disse o engenheiro, — mas não forcemos o pobre a falar; quando ele quiser, há de nos encontrar dispostos a escutá-lo.

Durante os dias que se seguiram, o desconhecido não pronunciou uma só palavra, nem se afastou do platô. Cavava sem descanso, conservando-se à distância. Na hora das refeições, e por mais esforço que os colonos fizessem, não vinha ao Palácio de Granito, contentando-se com alguns legumes crus. À noite, não dormia no quarto que lhe fora designado; ficava ali mesmo, debaixo de qualquer moita de arvoredo, ou, quando o tempo estava mal, escondia-se em alguma caverna. Vivia como se estivesse na ilha Tabor, e todos os esforços empregados para que ele se modificasse foram vãos. Os colonos esperaram pacientemente, e chegou a ocasião em que, por uma força imperiosa, ele iria soltar suas terríveis confissões.

A 10 de novembro, por volta das oito da noite, no momento em que começava a escurecer, o desconhecido apresentou-se repentinamente diante dos colonos, que estavam então reunidos na varanda. Seus olhos brilhavam com estranho fulgor. A fisionomia do solitário readquirira por instantes o aspecto dos maus dias.

Os colonos, vendo que ele estava dominado por terrível comoção, ficaram como que aterrados. O que teria ele? Seria insuportável a convivência com seus semelhantes? Estaria farto da vida que levava ali, e sentiria falta da sua vida selvagem? E todos foram obrigados a acreditar nisso, quando escutaram suas frases incoerentes:

— Por que estou aqui?... Com que direito me tirou da minha ilha? Entre mim e vocês pode existir algum laço de comunidade?... Sabem quem eu sou... o que fiz... porque razão estava só? Sabem se eu não fui abandonado... se eu não estava condenado a morrer ali?... Conhecem o meu passado?... sabem se eu não matei... se não assassinei... se não sou um miserável... um ser maldito... digno só de viver como qualquer fera, longe de tudo e todos... sabem, por acaso?

Os colonos escutavam-no sem interromper, deixando que ele falasse o que quisesse. Cyrus quis tranqüilizá-lo aproximando-se dele. O desconhecido, porém, recuou com vivacidade, exclamando:

— Não! Não! Só quero saber uma coisa... sou ou não livre?

— Você é livre — respondeu o engenheiro.

— Então adeus! — exclamou, fugindo como um louco.

Nab, Pencroff e Harbert correram logo para a orla da floresta... mas voltaram sós.

— Deixem-no! — disse Cyrus.

— Ele não irá voltar... — exclamou Pencroff.

— Vai voltar, vai voltar! — respondeu o engenheiro.

Passaram muitos e muitos dias; Cyrus Smith porém — seria um pressentimento? — continuou firme na crença de que o infeliz voltaria, mais cedo ou mais tarde.

— É a última revolta daquela natureza rude — dizia ele, — que foi tocada pelo remorso, e a quem uma segunda fase de isolamento irá causar terror.

O trabalho, contudo, seguia normal, tanto no platô da Vista Grande como no curral, onde Smith tencionava construir uma granja. As sementes colhidas por Harbert na ilha Tabor tinham sido cuidadosamente plantadas. O platô agora estava transformado numa grande horta, bem dividida e tratada, que não dava descanso aos colonos. Ali havia sempre o que fazer.

Por volta de 15 de novembro começou a terceira colheita de trigo. Que colheita! A segunda colheita de seiscentos mil grãos produziu daquela vez quatro mil alqueires, isto é, mais de cinco milhões de grãos! A colônia podia já dizer-se rica em trigo, e bastaria dali em diante semear dez alqueires para ter em cada ano colheita segura e suficiente para sustento de todos, tanto dos homens como do gado.

A última quinzena de novembro foi dedicada aos trabalhos de fabricação de pão.

Efetivamente havia grão, mas não farinha, e por isso era preciso instalar um moinho nas margens do Mercy.

— Um moinho de vento vai alegrar a paisagem — dizia Pencroff.

Os colonos então, meteram mãos à obra, tratando de escolher as madeiras para a construção da caixa e mecanismo do moinho. Smith então escolheu para construir o moinho um ponto junto da escarpa do lago. A caixa do moinho devia assentar toda num eixo central agüentado por um madeiramento valente, de forma que a caixa pudesse girar com todo o mecanismo nela contido, segundo as exigências do vento.

Todo este trabalho foi concluído logo. Nab e Pencroff eram carpinteiros admiráveis, e só tinham que seguir à risca os minuciosos planos do engenheiro. E como todos ajudassem na construção do moinho, a 1º de dezembro tudo estava pronto.

Pencroff, como sempre, estava satisfeitíssimo com sua obra, e nem por sombra admitia que o aparelho estivesse imperfeito.

— Agora — dizia ele, — venha bom vento, e veremos como se mói a nossa primeira colheita!

— Bom vento, sim — respondia o engenheiro, — mas que ele não seja demais, Pencroff!

— Ora, e se for demais? O moinho irá mais depressa!

— Pois não será bom que ande muito depressa — disse Cyrus. — A experiência tem provado que um moinho produz a máxima quantidade de trabalho possível quando o número de voltas percorridas pelas velas em cada minuto é seis vezes o número de metros por segundo, devendo as velas darem dezesseis voltas por minuto, que é o que basta.

— E está soprando agora um ventinho de nordeste, que muito nos convém! — exclamou Harbert.

Não havia razão para adiar a inauguração do moinho, e todos os colonos ansiavam por experimentar pão feito na ilha Lincoln. Naquele mesmo dia moeram-se dois ou três alqueires de trigo, e no dia seguinte já havia uma magnífica broa, um pouco massuda, apesar de ter sido utilizado o fermento de cerveja. Mas nem é preciso dizer que todos comeram com gosto!

O desconhecido da ilha Tabor não tornara a aparecer. Mais de uma vez Spilett e Harbert tinham percorrido a flo-

Pencroff, como sempre, estava satisfeitíssimo com sua obra.

resta nas vizinhanças do Palácio de Granito, sem sequer encontrar vestígios dele. O antigo selvagem, certamente, não teria dificuldade em viver nas florestas abundantes de Faroeste, e temiam até que ele voltasse aos seus antigos hábitos. Cyrus, apesar de tudo, levado por uma espécie de pressentimento, persistia em afirmar que o fugitivo voltaria.

— Ele vai voltar! — repetia com uma confiança que seus companheiros não partilhavam. — Quando esse infeliz estava na ilha Tabor, sabia que estava só! Aqui sabe que existem seus semelhantes! Não nos disse já metade do seu passado, o pobre arrependido? Pois voltará e contará tudo, e então, neste dia, ele irá se integrar à colônia!

Os acontecimentos iam dar razão a Smith.

No dia 3 de dezembro, Harbert saíra do platô da Vista Grande e fora pescar à margem meridional do lago. Ia sem armas, porque até aquela ocasião não se oferecera motivo para tomar precauções, visto que na ilha não apareciam animais perigosos.

Neste meio tempo Nab e Pencroff estavam trabalhando na granja, enquanto Cyrus Smith e o repórter estavam ocupados nas Chaminés, fabricando soda para refazer a provisão de sabão.

— Socorro! Me ajudem!

Cyrus Smith e o repórter estavam a uma distância tal que custaram a escutar os gritos, mas Pencroff e Nab correram direto para o lago.

Antes deles, porém, o desconhecido, cuja presença em tal lugar ninguém suspeitaria, transpusera o riacho, que separava o platô da floresta, e num pulo estava na margem oposta.

Harbert estava ali, diante de um formidável jaguar, semelhante ao que os colonos tinham morto no promontório do Réptil. O rapaz, surpreendido pela aparição do animal, estava de pé, encostado a uma árvore; a fera estava se preparando para pular... O desconhecido, porém, sem outra arma além de uma faca, arremessou-se sobre o terrível animal, que se voltou contra o novo adversário.

O desconhecido, armado com uma faca, atirou-se sobre o terrível animal.

A luta foi curta. O desconhecido tinha força e agilidade verdadeiramente prodigiosas. Segurou o animal com uma das mãos, enquanto que com a outra deu-lhe várias facadas no coração.

O jaguar caiu. O desconhecido afastou com o pé o cadáver do animal, e ia já fugir, quando Pencroff e Nab chegaram ao local. Harbert, no entanto, agarrou-se a ele:

— Não! Não! Você não vai embora!

Cyrus Smith chegou, e encaminhou-se direto para o desconhecido, que franziu o sobrolho assim que o viu. Do seu ombro escorria um fio de sangue, mas o infeliz nem se importava.

— Amigo — disse Smith, — temos com você uma dívida de gratidão. Salvou nosso filho adotivo, arriscando sua própria vida.

— Minha vida! — murmurou ele. — E o que ela vale? Nada!

— Está ferido?

— Pouco importa.

— Quer me dar a sua mão?

E como Harbert tentasse segurá-lo, o desconhecido cruzou os braços; sua respiração era ofegante, os olhos enevoados, e parecia querer fugir, mas contendo-se com violento esforço, perguntou com entonação rude:

— Quem são vocês? E o que pretendem ser para mim?

Era a primeira vez que ele demonstrava interesse pelos colonos. Quem sabe agora ele também não contaria a sua.

Smith contou-lhe então, rapidamente, toda a história da colônia, e o desconhecido escutava tudo atentamente.

Em seguida, o engenheiro o pôs a par de quem eram eles, acrescentando que a maior alegria que tinham tido, desde a chegada à ilha, fora quando encontraram um companheiro a mais.

Ao escutar isto, o infeliz corou, envergonhado.

— Agora que nos conhece — acrescentou Cyrus Smith, — irá consentir que apertemos sua mão?

— Não — respondeu o desconhecido, com voz abafada, — não! Vocês são homens honrados, eu não!

17

A História do Abandonado

Estas últimas palavras justificavam os pressentimentos dos colonos. Na vida daquele infeliz havia algum acontecimento funesto, expiado talvez já aos olhos dos homens, de que a própria consciência não o absolvera ainda. Em todo caso, ele tinha remorsos, e a mão que seus novos amigos lhe pediam, e teriam apertado com tanta cordialidade, era ele que não se considerava digno de a estender para pessoas honradas. Depois da cena do jaguar, contudo, o desconhecido não voltou a viver na floresta; desde aquele dia, não tornou a sair da área do Palácio de Granito.

Qual seria o seu mistério? Algum dia ele o contaria? Só o futuro podia dizer. Em todo o caso, os colonos nunca lhe perguntaram nada, e viviam com ele como se não suspeitassem de nada.

Pelo espaço de alguns dias a vida continuou a ser o que fora até então. Smith e Spilett trabalhavam juntos, ora como químicos, ora como físicos. O repórter só abandonava o engenheiro para ir caçar com Harbert, porque não era conveniente deixar o moço correr a floresta sozinho, devendo-se ter toda a cautela. Nab e Pencroff trabalhavam no curral ou na granja; e assim mesmo, deixando de lado os trabalhos dentro do Palácio de Granito.

O desconhecido trabalhava sempre afastado, e voltara à sua existência habitual de antes da fuga, mantendo-se à parte, dormindo debaixo das árvores do platô, não se juntando nunca aos seus companheiros. Na verdade, parecia que conviver com aqueles que o tinham salvo era insuportável.

185

— Mas então — estranhava Pencroff, — porque ele pediu socorro?

— Ele nos dirá — respondia invariavelmente Smith.

— Mas quando?

— Mais cedo do que pensa, Pencroff.

Efetivamente, o dia das confidências não estava longe.

A 10 de dezembro, fazia uma semana que o desconhecido voltara ao Palácio de Granito, ele dirigiu-se a Cyrus, e muito humilde, disse:

— Senhor, tenho um pedido a fazer.

— Pode falar — respondeu o engenheiro, — mas antes, me permita dizer-lhe algo.

Ao escutar isto, o desconhecido corou e esteve quase para se retirar. Cyrus compreendeu o que se passava na alma do infeliz, que decerto receava perguntas sobre o seu passado.

Cyrus deteve-o com um gesto:

— Camarada, somos para você não só companheiros, mas também amigos. Era só o que eu queria lhe dizer. Agora, pode falar, que eu estou escutando.

O desconhecido tremia, e por instantes ficou mudo.

— Senhor — disse afinal, — venho pedir-lhe um favor.

— Qual?

— A alguns quilômetros daqui, ao pé da montanha, vocês têm um curral para os animais domésticos. O gado tem necessidade de quem o trate. Quer me deixar viver lá?

Smith contemplou por alguns instantes o desgraçado com sentimento de profunda comiseração, e em seguida respondeu-lhe:

— Mas, meu amigo, no curral não há instalações adequadas...

— É o suficiente para mim, senhor.

— Amigo, nunca iremos contrariá-lo. Visto que lhe convém morar lá, que seja. No entanto, sabe que será sempre bem-vindo ao Palácio de Granito. Tomaremos as medidas necessárias para que fique convenientemente instalado onde escolheu.

— Seja como for, estarei bem.

— Amigo — respondeu Smith, insistindo neste tratamento cordial, — espero que nos deixe sermos os únicos juízes do que devemos fazer a tal respeito!

— Obrigado, senhor — respondeu o desconhecido, retirando-se.

O engenheiro contou então aos companheiros a proposta feita pelo desconhecido, e resolveu-se unanimemente construir no curral uma casa de madeira tão cômoda quanto fosse possível.

No mesmo dia os colonos encaminharam-se para o curral com a ferramenta necessária, e antes que a semana chegasse ao fim, a casa já estava pronta para receber o hóspede. Esta habitação fora construída próxima do curral, num ponto de onde seria fácil vigiar o rebanho de carneiros selvagens, que tinham já mais de oitenta cabeças. Alguns móveis, tais como cama, mesa, banco, armário, baú, foram fabricados no curral, para onde transportaram também as armas, munições e ferramentas necessárias.

De resto, o desconhecido ainda não fora ver a sua nova casa, e deixara que os colonos trabalhassem sem ele, ocupando-se com a lavoura do platô.

No dia 20 de dezembro é que todas as instalações ficaram terminadas no curral. O engenheiro anunciou então ao desconhecido que sua casa estava pronta, e ele respondeu que dormiria lá já esta noite.

Naquela noite os colonos estavam reunidos no salão do Palácio de Granito. Eram oito horas da noite, e com era hora do desconhecido retirar-se, não queriam incomodá-lo com despedidas que podiam ser-lhe custosas.

E eles estava no salão quando escutaram suaves batidas na porta. Logo depois entrou o desconhecido, que sem mais preâmbulos, começou:

— Senhores, antes que vá embora, é preciso que saibam a história da minha vida...

Estas simples palavras causaram viva impressão em Smith e em seus companheiros.

187

O engenheiro levantou-se logo:

— Não vamos fazer perguntas, amigo, se quiser se calar, é direito seu...

— O meu dever é falar.

— Então sente-se.

— Não, falarei de pé.

— Estamos escutando — disse Cyrus.

O desconhecido estava num canto da sala, protegido pela penumbra, e de braços cruzados; nesta posição é que ele, com voz abafada, como se estivesse se forçando a falar, fez a seguinte narração, que o auditório nem uma só vez interrompeu:

"No dia 20 de dezembro de 1854, o Duncan, iate de recreio pertencente ao lorde escocês Glenarvan, lançava ferro no cabo Bernouilli, na costa ocidental da Austrália, na altura do trigésimo sétimo paralelo. A bordo do iate iam lorde Glenarvan, sua esposa, um major do exército inglês, um geógrafo francês, uma menina e um rapaz. Estes dois últimos eram filhos do capitão Grant, cujo navio, *Britannia,* perecera vida e fazendas um ano antes. O *Duncan* era comandado pelo capitão John Mangles e tripulado por uma equipagem de quinze homens.

"A razão por que o iate navegava naquela época nas costas da Austrália era a seguinte:

"Seis meses antes fora encontrado no mar da Irlanda, pelo pessoal do *Duncan,* uma garrafa contendo um documento escrito em inglês, alemão e francês. Esse documento dizia existirem três sobreviventes do naufrágio do *Britannia,* e que estas três pessoas eram o capitão Grant e dois dos seus marinheiros, que tinham encontrado abrigo num lugar de que o documento dava a latitude, mas cuja longitude, apagada do papel pela água do mar, não estava legível.

"A latitude indicada era de 37° 11′ sul. Por conseqüência, como a longitude era desconhecida, alguém que seguisse pelo paralelo trigésimo sétimo através continentes e mares, podia estar seguro de que havia de encontrar no caminho a terra habitada pelo capitão Grant e pelos seus dois companheiros.

"Como o almirantado inglês relutasse iniciar semelhante busca, lorde Glenarvan resolveu tentar tudo quanto estivesse ao seu alcance para encontrar o capitão.

"O lorde começou por estabelecer relações com Mary e Roberto, filhos de Grant; mandou depois equipar o iate *Duncan* para uma longa jornada, em que tanto a família do lorde como os filhos do capitão quiseram tomar parte; e o *Duncan*, largando de Glasgow, dirigiu-se para o Atlântico, dobrou o estreito de Magalhães e navegou Pacífico acima, onde, segundo uma primeira interpretação do documento, era lícito supor que o capitão Grant estivesse prisioneiro dos indígenas.

"O *Duncan* desembarcou os seus passageiros na costa ocidental da Patagônia e tornou a partir para os receber de novo na costa oriental, no cabo Corrientes.

"Lorde Glenarvan atravessou a Patagônia, seguindo sempre o trigésimo sétimo paralelo, e, como não encontrasse vestígio algum do capitão, tornou a embarcar a 13 de novembro, a fim de continuar as suas buscas através do oceano.

"Depois de visitar, sem resultado, as ilhas de Tristão da Cunha e de Amsterdã, situadas neste percurso, o *Duncan*, como já disse, chegou ao cabo Bernouilli, na costa australiana, a 20 de dezembro de 1954.

"A intenção de lorde Glenarvan era atravessar a Austrália como atravessara a América, e por conseqüência desembarcou. A poucos quilômetros da praia havia uma fazenda, pertencente a um irlandês, que ofereceu hospitalidade aos viajantes. Lorde Glenarvan contou ao irlandês as razões que o traziam ali, e perguntou-lhe se tinha chegado ao conhecimento dele que um navio inglês de três mastros, o *Britannia*, tivesse naufragado havia menos de dois anos na costa oriental da Austrália.

"O irlandês nunca ouvira falar em tal naufrágio; mas, com grande surpresa de todos os presentes, um dos criados dele interveio dizendo:

" — Louvai e dai graças a Deus, milorde. Se o capitão Grant ainda está vivo, vive na terra australiana.

"— Quem é você? — perguntou lorde Glenarvan.

"— Um escocês como o senhor, milorde — respondeu o interrogado, e— um dos companheiros do capitão Grant, um dos náufragos do *Britannia*.

"Aquele homem chamava-se Ayrton. Era o contramestre do *Britannia*, o que provavam os documentos que apresentava. Separado, porém, do capitão Grant no momento em que o navio se esmigalhara nos recifes, pensara até então que o seu capitão perecera com toda a tripulação, e que ele, Ayrton, era o único que escapara do naufrágio do *Britannia*.

"— Mas, — acrescentou o ex-contramestre, — não foi na costa oriental, mas na ocidental que o *Britannia* se perdeu, e se o capitão Grant está vivo ainda, como esse documento parece indicar, está prisioneiro dos indígenas australianos, e é na outra costa que deve ser procurado.

"Aquele homem, quando assim falava, respirava franqueza na voz, firmeza no olhar. O irlandês, a cujo serviço ele estava havia mais de ano, respondia por ele. Lorde Glenarvan fiou-se na lealdade desse homem, e por conselho dele resolveu atravessar a Austrália seguindo sempre o trigésimo sétimo paralelo. Lorde Glenarvan, sua esposa, as duas crianças, o major, o capitão Mangles e mais alguns marinheiros deviam compor o pequeno grupo de exploradores guiados por Ayrton, enquanto o *Duncan* sob o comando do imediato, Tom Austin, singrava para Melbourne, onde devia esperar instruções de lorde Glenarvan.

"Os exploradores partiram a 23 de dezembro de 1854.

"É tempo de dizer que Ayrton era um traidor. Era mesmo o contramestre do *Britannia;* em virtude, porém, de discussões que tivera com o seu comandante, tentou levar a tripulação a revoltar-se e a apoderar-se do navio, e o capitão Grant desembarcara-o a 8 de abril de 1852 na costa oriental da Austrália, em seguida ao que, partira, abandonando-o, o que aliás não passava de um ato de justiça.

"Como se vê, aquele miserável nada sabia acerca do naufrágio do *Britannia*. Pela narração de lorde Glenarvan é que ele tivera conhecimento de tal acontecimento! Depois que fora abandonado, e com nome de Ben Joyce, dera em chefe dos degredados fugidos, e se afirmou com toda a impudência saber que o naufrágio se realizara na costa ocidental, levando assim lorde Glenarvan a lançar-se em tal direção, era porque esperava separá-lo assim do seu navio, apoderar-se do *Duncan*, e fazer do iate um pirata do Pacífico."

Aqui, o desconhecido interrompeu-se por um momento. Tremia-lhe a voz; dali a pouco, porém, prosseguiu:

"A expedição partiu, como disse, e dirigiu-se através das terras da Austrália. Como era de supor foi infeliz, dirigida como era por Ayrton ou Ben Joyce, como quiserem chamar-lhe, ora precedido, ora seguido pela sua quadrilha de degredados, que fora prevenida dos danados intentos do seu chefe.

"Entretanto o *Duncan* fora mandado para Melbourne a reparar pequenas avarias. Por conseqüência, era preciso fazer lorde Glenarvan enviar-lhe ordem de sair de Melbourne e dirigir-se à costa ocidental da Austrália, onde era fácil apoderar-se do navio. Ayrton, depois de conduzir a expedição até muito perto da costa ao centro de vastas florestas, onde não havia recursos de nenhuma espécie, conseguiu do lorde uma carta que ele próprio devia levar ao imediato do *Duncan*, carta em que ia a ordem para o iate navegar sem demora para a Baía Twofold, isto é, para um ponto da costa a poucos dias de jornada daquele onde estava o grupo. Nesse ponto da costa é que Ayrton marcara encontro com os seus cúmplices.

"O traidor, porém, no momento em que ia receber a carta do lorde, foi desmascarado e não teve outro remédio senão fugir. Mas o bandido conseguiu apoderar-se da carta, que lhe valeria o Duncan. E dois dias depois, ele estava em Melbourne.

"Até aquele ponto o malvado conseguira obter bom êxito para os seus odiosos projetos. Tinha na mão o meio seguro de poder levar o *Duncan* à Baia de Twolfold, onde seria fácil aos degreda-

191

dos apoderar-se da embarcação, feito o que, assassinada a tripulação, Ben Joyce podia dizer-se senhor daqueles mares...

"Lá estava Deus, porém, que o ia deter quase no desenlace de seus perversos desígnios.

"Ayrton, logo que chegou a Melbourne, entregou a carta ao imediato Tom Austin, que tomou conhecimento do conteúdo dela e apressou-se a aparelhar; imagine-se, porém, qual seria o desapontamento de Ayrton quando no dia seguinte soube que o imediato levava o navio, não à costa ocidental da Austrália, mas à costa ocidental da Nova Zelândia. O bandido queria opor-se, mas Austin mostrou-lhe a carta!... onde efetivamente, por um erro providencial do geógrafo francês que a redigira, estava indicada a costa ocidental da Nova Zelândia como lugar de destino.

"Todos os planos de Ayrton caíram por terra! O bandido quis revoltar-se, mas prenderam-no. Assim, foi levado à costa ocidental da Nova Zelândia, sem poder imaginar o que seria dos cúmplices, nem de lorde Glenarvan.

"O *Duncan* ficou cruzando naquela costa até 2 de março. Nesse dia ouviu Ayrton grandes detonações. Eram as peças do *Duncan* que davam salvas, porque dali a pouco lorde Glenarvan e todos os seus chegavam a bordo.

"Eis o que sucedera:

"Lorde Glenarvan, depois de passar perigos sem conta, conseguira terminar a viagem que empreendera, chegando afinal à Baia Twofold, na costa ocidental da Austrália. Mas a respeito do *Duncan* nada! Telegrafou logo para Melbourne, de onde lhe responderam: "*Duncan* partiu a 18 do corrente, destino ignorado."

"Lorde Glenarvan encontrou só uma explicação para este fato: o iate caíra em poder de Ben Joyce e seus comparsas, e agora se transformara em navio pirata!

"Apesar disso, Glenarvan não quis desistir de seu intuito. O lorde era intrépido e generoso. Embarcou num navio mercante, que o levou à costa oriental da Nova Zelândia, atravessou-a, seguindo sempre pelo trigésimo sétimo paralelo, sem que encontrasse vestígios do capitão Grant, e quando chegou à outra costa, para sua surpresa, e pela vontade divina, deparou-se com o Duncan, que comandado pelo imediato, esperava pelo lorde há cinco semanas!

"Era o dia 3 de março de 1855. Como se vê, lorde Glenarvan estava afinal a bordo do *Duncan*; Ayrton também estava lá. O ex-contramestre foi chamado à presença do lorde, que quis tirar dele tudo quanto o bandido poderia saber em relação ao capitão Grant. Ayrton recusou-se a falar. E apesar de lorde Glenarvan o ameaçar entregá-lo às autoridades inglesas no primeiro porto, o bandido teimou em se conservar mudo.

"O *Duncan* voltou a seguir a sua rota pelo trigésimo sétimo paralelo. Entretanto lady Glenarvan tentou vencer a resistência do bandido. A influência daquela senhora logrou colher resultados favoráveis, e Ayrton propôs a lorde Glenarvan que, em troca das revelações que ia fazer, o abandonasse numa das ilhas do Pacífico em vez de o entregar às autoridades britânicas. O lorde, resolvido a tentar tudo para informar-se do que dizia respeito ao capitão Grant, cedeu.

"Ayrton então contou toda a sua vida, concluindo-se desta narrativa que o ex-contramestre nada sabia do destino de Grant a partir do dia em que este o desembarcara na costa da Austrália.

"Lorde Glenarvan, apesar disto, manteve a palavra. O *Duncan* prosseguiu na sua rota e chegou à ilha Tabor. Era naquela ilha que o lorde tinha pensado deixar Ayrton, e foi também naquela ilha que, por um verdadeiro milagre, foi encontrado o capitão Grant e os seus dois companheiros exatamente no tal trigésimo sétimo paralelo. O degredado ficou pois a substituí-los naquela ilhota deserta, e as palavras pronunciadas por lorde Glenarvan quando o ex-contramestre deixou o iate foram as seguintes:

"— Ayrton, neste lugar ficará afastado de toda e qualquer terra e sem comunicação possível com seus semelhantes. Desta ilha não poderá fugir. Aqui ficará só, debaixo da vigilância de Deus, que lê no mais íntimo dos corações, mas não estará perdido nem ignorado como esteve o capitão Grant. Apesar de indigno de ocupar a memória dos homens, homens haverá que se lembrem de você. Sei onde está, Ayrton, saberei encontrá-lo. Nunca me esquecerei disso!"

"E o *Duncan*, fazendo-se de vela, em breve desapareceu no horizonte.

"Isto foi a 18 de março de 1855.

"Ayrton ficou só, mas não lhe faltaram munições, nem armas, nem ferramentas, nem sementes. O degredado teve à sua disposição a casa construída pelo honrado capitão Grant. O que tinha, portanto, a fazer era viver e expiar no isolamento os crimes que cometera.

"E arrependeu-se, senhores, e teve vergonha de seus crimes; foi bem desgraçado! Quantas vezes disse ele a si próprio que, se algum dia os homens viessem buscá-lo naquela ilhota, ele devia estar digno de voltar ao meio de seus semelhantes! Quanto sofreu! Quanto trabalhou, para tornar-se digno pelo trabalho! Quanto orou para regenerar-se pela oração!

"Por espaço de dois anos, talvez três, continuaram as coisas assim; Ayrton, porém, com o ânimo abatido pelo isolamento, espreitando sempre, a ver se surgia algum navio no horizonte da ilha, incerto acerca da maior ou menor proximidade do termo da expiação, sofria o que ninguém jamais sofreu! Ai! Que dura é a solidão para uma alma devorada pelo remorso!

"O céu, porém, decerto não achara a punição ainda bastante, porque o desgraçado senta-se pouco a pouco tornar-se um selvagem! Sentia não sei que embrutecimento que pouco a pouco se ia apossando de todo o seu ser. Ele próprio não pode dizer se foi depois de dois se de quatro anos de abandono que isto sucedeu, o que sabe é que afinal virou o miserável ente que encontraram!

"Nem preciso dizer que Ayrton ou Ben Joyce e eu somos a mesma pessoa!"

194

Ayrton.

Ao chegar neste ponto da narração, os colonos tinham se levantado. Não é fácil descrever a comoção que os dominava! O que eles acabavam de escutar descrevia uma enorme miséria e um grande desespero!

— Ayrton — disse por fim Cyrus Smith, — você foi um criminoso, mas já pagou por seus crimes, e o céu é testemunha! A maior prova disso é que você se reencontrou com seus semelhantes. Está perdoado, Ayrton! E agora, irá ser nosso amigo?

Ayrton recuou.

— Vamos apertar as mãos — disse o engenheiro.

Ayrton então apertou a mão que lhe era oferecida por Smith; as lágrimas escorriam rosto abaixo.

— Quer viver conosco? — perguntou Smith.

— Deixe-me viver por mais algum tempo onde estou, senhor Smith! — respondeu Ayrton.

— Como quiser — concordou Smith.

E Ayrton já estava se retirando, quando Cyrus Smith lhe perguntou:

— Só mais uma coisa. Se desejava viver isolado, porque lançou ao mar a nota que nos alertou sobre sua existência?

— Que nota? — espantou-se Ayrton.

— A que encontramos boiando dentro de uma garrafa, e que continha a indicação exata da localização da ilha Tabor!

Ayrton passou a mão pela fronte, e depois de refletir um pouco, respondeu:

— Eu nunca lancei nota alguma ao mar!

— Nunca? — exclamou Pencroff.

— Nunca!

E cumprimentando a todos, Ayrton partiu.

18

O Telégrafo

Pobre homem! — disse Harbert, enquanto Ayrton desaparecia no escuro.

— Ele voltará — disse Smith.

— E agora, senhor Cyrus! Como pode ser isso! Se não foi Ayrton que lançou a garrafa ao mar, quem foi?

Esta era, realmente, uma intrigante questão.

— Foi ele — ponderou Nab. — Provavelmente o fez antes de ficar maluco.

— Sim! Sim! — disse Harbert. — Ele nem teve consciência do que fez então.

— Essa é a única explicação para o caso, amigos — respondeu vivamente Smith.

— Mas — advertiu Pencroff, — se Ayrton ainda não estava maluco quando lançou a nota ao mar, como o papel resistiu a sete ou oito anos à ação do mar, da umidade?

— O que isso prova, é que Ayrton só ficou privado da razão por muito menos tempo do que ele próprio imagina — respondeu Smith.

— Só pode ser isto, então — disse Pencroff. — De outra forma, o caso seria inexplicável.

— Seria, seria — respondeu o engenheiro, que parecia querer mudar de assunto.

— Será que Ayrton nos disse a verdade? — perguntou o marinheiro.

197

— Sim — respondeu o repórter. — A história que ele contou é verdadeira. Lembro-me de ter lido nos jornais a respeito da busca que lorde Glenarvan empreendeu, e também os seus resultados.

— Ayrton nos disse a verdade, Pencroff — disse Cyrus.

— Não precisam duvidar disso, mesmo porque, quem se acusa, não mente.

No dia seguinte, 21 de dezembro, os colonos foram até o platô, mas não encontraram Ayrton. Durante a noite ele fora para a casa do curral, e os colonos acharam melhor não importuná-lo.

Todos voltaram às suas ocupações habituais, e quando Cyrus e o repórter ficaram trabalhando a sós na oficina das Chaminés, é que conversaram livremente:

— A explicação que deu a respeito da nota na garrafa não me convenceu, meu amigo! — disse Spilett. — Como acreditar que este infeliz tenha escrito uma nota, e a lançado ao mar, sem ter a menor recordação deste fato?

— Eu também não creio que foi ele quem a lançou ao mar.

— Então, você está pensando...

— Não penso em nada, não sei nada! — respondeu Smith, interrompendo o amigo. — Contento-me em classificar este incidente entre os muitos a que até hoje não tenho achado explicação.

— Na verdade, Cyrus, têm sucedido coisas verdadeiramente incríveis! O seu salvamento, o caixote que encalhou na praia, as aventuras de Top, a garrafa, enfim... Será que um dia encontraremos resposta para todos estes enigmas?

— Certamente! — respondeu o engenheiro. — Nem que eu tenha que esquadrinhar esta ilha até as suas entranhas.

— E aí, talvez, encontremos a explicação para todos estes mistérios!

— Não acredito no acaso, Spilett. Tudo o que acontece aqui tem uma causa, e eu vou descobri-la. Mas por enquanto, o melhor é ficarmos atentos e continuarmos os nossos trabalhos.

Chegou afinal o mês de janeiro. Começava o ano de 1867.

Nos dias que se seguiram, Harbert e Spilett, indo para os lados do curral, puderam verificar que Ayrton se instalara na casa que eles haviam lhe preparado, e que ele cuidava com esmero do numeroso rebanho que lhe confiado, poupando trabalho aos companheiros. No entanto os colonos faziam ali freqüentes visitas, com o intuito de não deixarem Ayrton muito tempo isolado.

De mais a mais, como havia, pelo menos por parte de Smith e de Gedeon Spilett, certas suspeitas, era preciso que aquela parte da ilha estivesse submetida a certa vigilância, e caso algo ocorresse, certamente Ayrton informaria aos habitantes do Palácio de Granito.

Smith resolveu estabelecer entre o curral e o Palácio de Granito uma forma de comunicação instantânea, para o caso de ocorrer algum fato que necessitasse a pronta intervenção dos colonos, fosse algo que se referisse aos misteriosos acontecimentos na ilha Lincoln, ou mesmo o aparecimento de algum navio.

— Ora essa! Mas como vamos fazer isso, senhor Cyrus? — perguntou Pencroff, ao tomar conhecimento dos projetos do engenheiro.— Está pensando em instalar um telégrafo?

— Exatamente!

— Elétrico? — exclamou Harbert.

— Sim — respondeu Smith. — Para fabricarmos uma pilha, nós temos todos os elementos necessários. O mais difícil será esticar os fios, mas ainda sim creio que vamos conseguir.

— Bem — replicou o marinheiro, — agora, decididamente, creio que devemos ter esperança de qualquer dia termos nossa ferrovia!

Os colonos então iniciaram a empreitada, começando pelo mais difícil, ou seja, a fabricação dos fios, porque se esta operação não surtisse bons resultados, seria inútil se fabricar a pilha e outros acessórios.

O ferro na ilha Lincoln era de excelente qualidade, e portanto próprio para fabricação do fio. Cyrus Smith começou por fabri-

199

car uma fieira, isto é, uma chapa de aço crivada de buracos cônicos de diferentes calibres, por onde o fio de ferro devia ir passando sucessivamente até chegar à grossura desejada. A chapa de aço temperada no maior grau de dureza fixou-se com inabalável solidez a uma construção de madeira cravada bem fundo no terreno, a poucos pés de distância da grande queda de água, cuja força motriz o engenheiro pretendia utilizar ainda.

Efetivamente lá estava o lagar, então parado, mas cuja vara horizontal, com movimento de grande força, podia servir para estirar o fio, enrolando-o.

A operação foi extremamente delicada e exigiu grandes cuidados. O ferro, preparado de antemão em varas delgadas e compridas, cujas extremidades tinham sido adelgaçadas a lima, foi introduzido no calibre grande da fieira e estirado por meio da árvore horizontal do maquinismo do lagar, onde se enrolaram uns vinte e cinco a trinta pés de fio grosso, que foi passando sucessivamente pelos calibres de menor diâmetro. Finalmente o engenheiro conseguiu obter em pedaços de 3 a 4 metros, fáceis de ligar, o fio necessário para estabelecer um telégrafo na distância que separava o curral do Palácio de Granito.

Para concluir esta tarefa foram necessários poucos dias, e assim que Smith viu que a fabricação dos fios corria bem, tratou da pilha.

Ele precisava fabricar uma pilha de corrente constante. O engenheiro decidiu-se então pela fabricação de uma pilha simplíssima, cujos efeitos deviam ser produzidos pela reação do ácido azótico e da potassa.

Os colonos então encheram de acido azótico um certo número de frascos de vidro, que foram tampados com rolhas, atravessadas por tubos fechados na extremidade inferior e que mergulhavam no ácido por meio de um rolhão de argila embrulhado em trapo. Em cada um destes tubos, pela extremidade superior, colocou-se uma porção de solução de potassa, previamente obtida pela incineração de diferentes plantas. Por aquela forma o ácido e a potassa podiam reagir reciprocamente através da argila.

Feito isto, Cyrus Smith pegou em duas lâminas de zinco e mergulhou uma no ácido azótico e outra na dissolução de potassa. Estabeleceu-se imediatamente uma corrente que ia da lâmina do frasco para a lâmina do tubo, e como estas lâminas fossem ligadas por um fio metálico, a lâmina do tubo tornou-se em pólo positivo e a do frasco em pólo negativo do aparelho. Todos estes frascos produziram assim outras tantas correntes, que, reunidas, deviam bastar para produzir todos os fenômenos da telegrafia elétrica.

Este foi o simples e engenhoso aparelho construído por Smith, que tornou possível estabelecer a comunicação telegráfica entre o Palácio de Granito e o curral.

A 6 de fevereiro começaram a instalar os postes, munidos dos respectivos isoladores de vidro, e destinados a manter o fio que devia seguir a estrada do curral. Dias depois estava já o fio estendido e pronto a produzir a corrente elétrica que a terra se encarregaria de levar de novo ao ponto de partida.

Fabricaram-se duas pilhas, uma para o Palácio de Granito, outra para o curral. O receptador e o manipulador foram simplicíssimos. Em cada uma das estações o fio enrolava num eletroímã, isto é, num pedaço de ferro meio envolvido em voltas de fio. Estando a comunicação estabelecida entre os dois pólos, a corrente que partia do pólo positivo atravessava o fio telegráfico, passava ao do eletroímã, que ficava temporariamente magnetizado, e voltava pelo solo ao pólo negativo. Estando a corrente interrompida, o eletroímã perdia logo o poder magnético. Por conseqüência, logo que se colocasse uma chapa de ferro macio em frente do eletroímã, esta havia de ser atraída enquanto passasse a corrente e desaderir quando ela fosse interrompida. Obtido por esta forma o movimento da chapa de ferro, pôde Cyrus com a maior facilidade ligá-la com um ponteiro e mostrador respectivo de letras, por meio do qual se realizaria a correspondência entre uma e outra estação.

Tudo ficou pronto a 12 de fevereiro. E naquele mesmo dia Smith e Ayrton testaram o aparelho, que funcionou sa-

201

tisfatoriamente. Pencroff não cabia em si de contentamento, e não passava um dia sem mandar um telegrama para o curral.

Esta forma de comunicação apresentou duas vantagens incontestáveis: tornou possível verificar a presença de Ayrton no curral e fez com que ele não se sentisse completamente isolado. Além disso, Cyrus não deixava passar uma semana sem ir visitar Ayrton, que de tempos em tempos vinha também ao Palácio de Granito, onde era calorosamente acolhido.

O verão foi assim passando, em meio aos trabalhos habituais. Os recursos da colônia, especialmente em legumes e cereais, cresciam de dia para dia, e as plantas trazidas da ilha Tabor estavam lindas. A quarta colheita de trigo foi admirável, apesar de ninguém contar se no celeiro entrava realmente a quantia de quatrocentos milhares de milhões de grãos.

O tempo continuava magnífico, a temperatura alta durante o dia; as brisas da tarde, porém, vinham sempre amenizar o calor e proporcionar noites agradáveis para os habitantes do Palácio de Granito. Entretanto, houve um ou outro vendaval que, se não durava muito, caía com extrema violência.

Naquela época, a colônia estava em grande prosperidade. A produção da granja era mais que satisfatória, e os colonos viam-se obrigados a alimentarem-se permanentemente de aves para manterem a população da granja em números mais moderados. Os porcos já tinham dado cria, assim como os jumentos. Harbert estava se tornando um excelente cavaleiro, graças às aulas que recebia do repórter.

Por aquela época, também fizeram várias excursões de reconhecimento até as profundezas da floresta de Faroeste, onde os colonos podiam se arriscar sem receio dos excessos da temperatura, porque ali os raios solares mal se coavam através da espessa folhagem. Visitaram também a margem esquerda do Mercy, que corria sempre a pequena distância da estrada do curral até a foz do rio da Queda.

Durante aquelas excursões, os colonos foram sempre armados, porque encontravam freqüentemente porcos selvagens.

Mestre Jup foi retratado em atitude grave.

Nesta estação os colonos também perseguiram os jaguares. Spilett tinha-lhes tomado ódio especial, no que Harbert não ficava para trás. Armados como estavam, não temiam o encontro com qualquer fera. O arrojo de Harbert era admirável, e o sangue-frio do repórter espantoso. Como resultado, vinte magníficas peles ornavam a sala principal do Palácio de Granito.

Uma vez ou outra o engenheiro tomava parte nos diversos reconhecimentos feitos a pontos ainda desconhecidos da ilha, que observava sempre com minuciosa atenção. Ele buscava outras pistas, que não as dos animais, nas partes mais cerradas daqueles imensos bosques; nunca, porém, achou nada suspeito. Nem Top, nem Jup, que o acompanhavam, deixavam pressentir por suas atitudes, que houvesse alguma coisa de extraordinário; todavia, ainda mais de uma vez o cão ladrou e uivou na boca do poço, que o engenheiro explorou sem resultado.

Por esta época é que Spilett, com o auxílio de Harbert, tirou muitas fotos dos pontos pitorescos da ilha, utilizando o aparelho fotográfico que fora encontrado no caixote.

Este aparelho, que tinha uma objetiva poderosa, era bem completo, assim como o material para a revelação. Com pouco tempo, o repórter e seu ajudante tornaram-se hábeis fotógrafos, obtendo fotografias razoáveis de muitas paisagens, não se esquecendo também de fotografar os habitantes da ilha. É preciso dizer, porém, que o melhor retrato foi o do orangotango. Mestre Jup foi retratado em atitude grave, numa seriedade impossível de se descrever.

O calor e a estiagem acabaram no mês de março. O tempo esteve por vezes chuvoso, mas a atmosfera continuava quente. Aquele mês não correu tão lindo como era de se esperar. Talvez prenunciasse um inverno rigoroso e precoce.

Numa certa manhã, no dia 21 de março, houve motivo para supor que a neve tivesse começado a cair. Harbert, chegando na janela, exclamara:

— Olhem! A ilhota está coberta de neve!

Mas o orangotango não tinha chegado ao chão, e já a camada de neve dispersava-se pelo ar.

— Neve, agora? — espantou-se o repórter, que chegara junto do rapaz.

Todos os colonos se aproximaram, e puderam verificar que não só a ilhota, mas toda a praia junto à base do Palácio de Granito estava coberta por um lençol branco.

— É neve? — perguntou Pencroff.

— Se não for, parece muito! — respondeu Nab.

— Mas o termômetro está marcando 14°C! — advertiu Spilett.

·Cyrus continuava a olhar para o lençol branco sem nada falar, porque na verdade não sabia como explicar tal fenômeno naquela época do ano e com o calor que fazia.

— E esta agora! — exclamou Pencroff. — Nossas sementeiras vão ficar congeladas!

E o bom marinheiro já se dispunha a descer, quando foi precedido pelo ágil Jup, que se deixou escorregar até a praia.

Mas o orangotango não tinha chegado ao chão, e já a enorme camada de neve começava a levantar-se, dispersando no ar.

— São aves! — gritou Harbert.

Efetivamente eram cardumes de aves aquáticas, de plumagem branca brilhantíssima, que tinham pousado aos centos na ilhota e na costa, e que desapareceram ao longe, deixando os colonos estupefatos.

Dias depois, 26 de março, fazia dois anos que os náufragos do ar tinham sido arrojados às costas da ilha Lincoln!

19

Nova Exploração

Dois anos! Dois anos que os colonos não tinham comunicação alguma com seus semelhantes! Que não tinham notícias do mundo civilizado, perdidos naquela ilha, completamente isolados!

O que se passaria na pátria, que eles tinham deixado em pleno flagelo da guerra civil? Tudo isto para eles era motivo de uma grande dor, e muitas vezes conversavam a este respeito, sem contudo duvidarem da vitória da causa nortista.

Durante aqueles dois anos, nem um só navio passara à vista da ilha. Era evidente que a ilha Lincoln estava fora das rotas usuais, e os colonos só contavam com seus próprios esforços para voltarem à pátria.

Todavia, ainda existia uma probabilidade de salvação, e justamente esta probabilidade foi discutida num dia da primeira semana de abril, quando os colonos estavam todos reunidos no salão do Palácio de Granito.

Estavam falando da América, da terra natal, que tão poucas esperanças tinham de tornar a ver.

— Decididamente, só há um meio de sair da ilha Lincoln — disse Spilett. — Temos que construir uma embarcação que agüente o mar por um espaço de muitos e muitos quilômetros. Eu acho que quem já construiu uma chalupa, pode bem fazer um navio!

— E quem foi até a ilha Tabor, pode bem ir até ao Pomotu! — acrescentou Harbert.

207

— Não digo que não — respondeu Pencroff, que sempre tinha voto preponderante em questões de náutica. — Não digo que não, apesar de que ir perto ou longe sejam coisas muito diferentes! Na viagem à ilha Tabor, se a nossa chalupa fosse ameaçada pela borrasca, sabíamos que de um ou outro lado o porto estava perto; mas fazer uma viagem de milhares de quilômetros, o caso já muda de figura!

— Mas se fosse o caso, tentaria esta aventura, Pencroff? — inquiriu o repórter.

— Tentava tudo o que quisessem, senhor Spilett — respondeu o marinheiro.

— E é bom notar que temos conosco mais um marinheiro — advertiu Nab.

— Quem? — perguntou Pencroff.

— Ayrton.

— É verdade — concordou Harbert.

— Se ele consentir em vir conosco! — advertiu Pencroff.

— Ora essa! — disse o repórter. — Você então acha que, se por acaso, o iate de lorde Glenarvan aparecesse na ilha Tabor enquanto Ayrton ainda estivesse lá, ele se recusaria a embarcar?

— Esqueceram de uma coisa, amigos — acudiu Smith. — Ayrton, nos últimos anos de estada na ilha, tinha perdido a razão. A questão é outra. O que convém averiguar é se devemos contar como probabilidade de salvação para nós essa suposta volta do navio escocês. Ora, lorde Glenarvan prometeu a Ayrton vir buscá-lo, quando entendesse que ele havia cumprido sua sentença, e eu creio que o lorde cumprirá sua promessa.

— Eu também, e acho que ele não irá demorar, porque já fazem quase doze anos que Ayrton foi abandonado — completou o repórter.

— Muito bem, eu também concordo que lorde Glenarvan cumprirá sua promessa — concordou Pencroff. — Mas ele irá ancorar na ilha Tabor, e não na ilha Lincoln!

— Tem razão — disse Harbert, — mesmo porque, a ilha Lincoln nem consta nos mapas.

— Por isso mesmo, amigos — disse o engenheiro, — devemos tomar todas as precauções necessárias para que na ilha Tabor se saiba da nossa presença e da de Ayrton aqui nesta ilha.

— Certo — respondeu o repórter. — Não será difícil deixar uma nota na cabana que serviu de morada ao capitão Grant e depois a Ayrton, informando nossa localização.

— É uma pena que não tivemos esta idéia a primeira vez que fomos à ilha Tabor.

— Mas como pensaríamos nisto, se não sabíamos a história de Ayrton?

— É verdade — disse Cyrus. — E agora, vamos ter que adiar essa viagem para a primavera que vem.

— E se o iate aparecer neste meio tempo? — perguntou Pencroff.

— É pouco provável — respondeu o engenheiro. — Lorde Glenarvan não iria escolher a pior estação para se aventurar por estes mares longínquos. Ou ele já voltou à ilha Tabor, nestes cinco meses que Ayrton está conosco, ou virá mais tarde. Nesta caso, basta que deixemos a nota nos primeiros dias de outubro.

— Se o *Duncan* voltou nos últimos meses, foi realmente uma grande infelicidade! — disse Nab.

— Espero que isto não tenha acontecido — disse Cyrus. — Deus não havia de nos roubar a melhor probabilidade de salvação que nos resta.

— Quando voltarmos à ilha Tabor — observou o repórter, — saberemos se isto aconteceu ou não. Certamente os escoceses, se estiverem por lá, deixarão vestígios.

— Com certeza — respondeu o engenheiro. — E assim amigos, visto termos esta probabilidade de voltar à pátria, esperemos com paciência. Se a Providência nos tirar esta última esperança, então veremos o que fazer.

— É bom lembrar que, — disse Pencroff, — se conseguirmos deixar a ilha Lincoln, não será porque estamos mal instalados aqui!

— Não, Pencroff, não — respondeu o engenheiro. — É só porque estamos longe daquilo que todo homem deve prezar acima de tudo: a família, os amigos e a terra natal!

E tendo resolvido desta forma, os colonos trataram de deixar de lado a idéia da construção de um navio de grande porte. No entanto, decidiram empregar a chalupa para fazerem uma viagem em torno da ilha, enquanto o mau tempo não vinha. O reconhecimento da costa estava incompleto, e os colonos tinham uma idéia imperfeita do litoral a oeste e ao norte, desde a foz do rio da Queda até o cabo da Mandíbula.

A idéia desta excursão foi de Pencroff, e Cyrus Smith aderiu logo, porque desejava ver com seus próprios olhos toda aquela porção dos seus domínios.

Marcaram a partida para 16 de abril, e o *Bonadventure*, que estava fundeado no porto Balão, foi provido e municiado para uma viagem de alguma duração.

Cyrus informou Ayrton sobre a excursão, convidando-o para tomar parte nela, mas como Ayrton preferisse ficar em terra, resolveram que ele iria para o Palácio de Granito. Mestre Jup, que devia ficar em sua companhia, não se queixou.

No dia 16 de abril, pela manhã, todos os colonos, acompanhados pelo fiel Top, estavam a bordo. Soprava uma brisa fresca de sudoeste, e o *Bonadventure*, saindo do porto Balão, teve que bordejar para dobrar o promontório do Réptil.

A navegação até ao promontório durou todo o dia, porque a embarcação, desde que saiu do porto, teve apenas duas horas de vazante, tendo pelo contrário seis horas de maré contrária, que custaram a vencer. Portanto, quando os navegantes dobraram o promontório, já era noite.

Pencroff propôs então que se continuasse a viagem a pequena velocidade. Cyrus Smith, porém, preferiu ancorar perto da costa, para tornar a ver aquela parte da ilha quando fosse dia. E até se combinou que, visto se tratar de uma exploração minuciosa do litoral da ilha, não se navegar à noite.

Os navegantes passaram a noite fundeados ao abrigo do promontório, e nada perturbava o silêncio daquele lugar. Todos os passageiros, com exceção de Pencroff, dormiram talvez um pouco pior a bordo do *Bonadventure* do que nas camas do Palácio de Granito, mas enfim, dormiram.

No dia seguinte, o marinheiro tratou de levantar ferro logo de manhãzinha, e a todo pano costearam de perto o lado ocidental da ilha.

Os colonos já conheciam aquela costa cheia de florestas e tão magnífica, visto que tinham andado a pé pela sua orla; apesar disso, porém, a vista dela do mar os deixou admirados. Os navegantes costeavam a terra tanto quanto possível, moderando a velocidade de forma a poderem observar tudo. Spilett aproveitou para tirar várias fotografias de alguns pontos daquele soberbo litoral.

Por volta do meio dia o *Bonadventure* chegou à foz do rio da Queda. Para além, na margem esquerda reaparecia o arvoredo, mas menos basto, e 4 quilômetros mais adiante viam-se as árvores apenas em isoladas moitas entre os contrafortes ocidentais do monte, cujo espinhaço árido se prolongava até a beira-mar.

Que contraste entre a parte sul e a parte norte daquela costa! O que a primeira tinha de arborizada e verdejante, a segunda tinha de árida e selvática. A sua conformação acidentada e árida certamente teria aterrado os colonos, se o acaso os tivesse lançado àquela parte da ilha! Do alto do monte Franklin os colonos não podiam apreciar o aspecto profundamente sinistro deste local; mas agora, vendo-o do mar, achavam seu aspecto tão estranho, que certamente não teria equivalente em nenhum outro canto do mundo.

O *Bonadventure* passou defronte daquela costa, sempre seguindo paralelamente a ela, numa distância pequena. Assim, ficava fá-

211

cil de ver que o terreno se compunha de penedos em todas as dimensões e alturas, assim como as formas, sendo uns cilíndricos em forma de torres, cônicos como chaminés ou em forma de pirâmides. Nem um banco de gelo dos mares glaciais era capaz de se erguer em formas mais caprichosas! Os colonos olhavam aquele espetáculo num misto de surpresa e estupefação. Mas, se eles se mantinham em silêncio, o mesmo não podia ser dito sobre Top, que soltava agudos latidos, que ecoavam pelos mil eixos da parede basáltica. O engenheiro notou que os latidos do cão eram exatamente como os que ele dava na boca do poço do Palácio de Granito.

— Vamos atracar! — disse Cyrus.

E o *Bonadventure* atracou o mais próximo possível dos rochedos da praia. Talvez ali houvesse alguma gruta, cuja exploração fosse conveniente. Cyrus, porém, não viu nada, nem uma cavidade sequer, que pudesse dar abrigo a um ente qualquer, porque o sopé dos rochedos era banhado pelas águas da ressaca. O cão calou-se, e a embarcação tornou a navegar.

Na parte noroeste da ilha, o litoral era novamente arenoso. Raras árvores se erguiam num terreno baixo e pantanoso, onde várias aves aquáticas viviam.

À noite o *Bonadventure* fundeou numa leve curvatura do litoral, ao norte da ilha, perto da terra, tão profundas eram as águas daquele local. A noite correu sossegada, porque a brisa cessou, só retornando de manhã.

Como ali era fácil atracar, Harbert e Spilett desembarcaram em terra, e com a ajuda de Top, duas horas depois retornaram com muitos patos selvagens.

Às oito horas da manhã o *Bonadventure* já tinha levantado ferro e singrava direito ao cabo Mandíbula Norte, pois o vento era de popa e tendia a refrescar.

— Não me admiro nada se vier um vendaval de oeste — disse Pencroff. — Ontem, quando o sol se pôs, o horizonte estava muito vermelho, e esta manhã as nuvens que apareceram não estavam pressagiando boa coisa.

— Pois então, vamos tratar de chegar o mais rápido possível ao golfo do Tubarão. Creio que ali estaremos em segurança.

— Certo — respondeu Pencroff. — Além disso, na costa norte não há senão dunas, cuja observação pouco nos interessa.

— Por mim — disse o engenheiro, — passaria não só a noite, mas o dia de amanhã também nesta baía, que é digna de minuciosa exploração.

— Creio que seremos obrigados a isso, querendo ou não — disse Pencroff. — O horizonte já começa a ficar ameaçador para oeste. Vejam só!

— No entanto, temos vento favorável para alcançar o cabo Mandíbula — observou o repórter.

— Ótimo vento, na verdade — respondeu o marinheiro, — mas para entrar no golfo é necessário bordejar, e para isto preciso ter uma boa visão destas paragens, que eu não conheço.

— E paragens cheias de rochedos — acrescentou Harbert, — a julgar pelo que vimos na margem sul do golfo do Tubarão.

— Pencroff — disse então Smith, — faça como achar melhor, confiamos em você.

— Fique descansado, senhor Cyrus — respondeu o marinheiro. — Não irei me arriscar sem necessidade. Se ao menos houvesse um farol nesta costa, seria bem cômodo para os navegadores.

— Tem razão — concordou Harbert. — E desta vez não teremos um amável engenheiro para acender uma fogueira na praia para nos guiar!

— Na verdade, meu caro Cyrus — disse Spilett, — nunca te agradecemos, e francamente, sem aquela luz não teríamos podido atingir...

— Que luz? — perguntou Smith, admirado com as palavras do repórter.

— Queremos dizer, senhor Cyrus — respondeu Pencroff, — que se não fosse a sua idéia de acender uma fogueira na noite do dia 19 para 20 de outubro, no platô do Palácio de Granito, não teríamos retornado. E desta vez, a não ser que Ayrton tenha a mesma idéia, não teremos ninguém para nos prestar este favor.

— Sim, sim, foi uma boa idéia que tive! — respondeu o engenheiro, e virando-se para Spilett, disse baixinho ao seu ouvido: — Se há uma coisa certa neste mundo, é que não fui eu quem acendi esta fogueira na noite de 19 para 20 de outubro, nem no platô, nem em qualquer outro ponto da ilha!

20
NAVIO!

Pencroff não havia se enganado. Mas, apesar da violência da tempestade, o hábil marinheiro conseguiu chegar são e salvo à embocadura do Mercy.

Durante a noite, Smith e Spilett não tiveram oportunidade de conversarem a sós, e no entanto, eles ansiavam por discutir ainda uma vez os mistérios que cercavam aquela ilha. Spilett não parou de pensar neste novo e inexplicável incidente, na aparição de uma fogueira na costa da ilha! Não só ele, mas também Harbert e Pencroff a tinham visto! Aquela claridade servira para guiá-los durante aquela noite escura, e eles tinham tido certeza de que fora Smith quem tivera aquela idéia.

O repórter fez tenção de tornar a falar neste incidente logo que estivessem de volta e de induzir Cyrus a pôr os companheiros a par de acontecimento tão estranho. Talvez se decidissem então a fazer em comum uma investigação completa da ilha.

O certo é que nesta noite não apareceu fogueira nenhuma naquelas paragens desconhecidas ainda e que formavam a entrada do golfo; a embarcação conservou-se ao largo toda à noite.

Perto das sete horas da manhã o *Bonadventure*, depois de ter navegado em direção ao cabo Mandíbula Norte, entrou prudentemente no canal e a aventurou-se sobre aquelas águas encerradas no mais estranho quadro de lavas.

— Eis aqui — disse Pencroff, — um pedaço de mar que daria um admirável porto de abrigo, onde poderiam manobrar à vontade esquadras inteiras!

— O mais curioso — observou Cyrus Smith, — é que o golfo foi formado por dois caudais de lava vomitados pelo vulcão e que se acumularam em resultado de erupções sucessivas. Resulta, pois, que o golfo está completamente abrigado por todos os lados, e tudo nos leva a crer que, mesmo com o pior vento, o mar aqui estará sossegado como um lago.

— É grande demais para porto de abrigo do nosso barco!

— advertiu o repórter.

— Ora essa, Senhor Spilett! — replicou o marinheiro. — É grande demais para o *Bonadventure,* concordo, mas se alguma vez as esquadras da União precisarem de abrigo seguro no Pacífico, não acharão de certo outro melhor, creio eu!

— Estamos mesmo na boca do tubarão — disse Nab, aludindo à forma do golfo.

— Realmente, meu caro Nab! — respondeu Harbert. — Mas não está com medo que ele feche a boca, não é verdade?

— Não, não, senhor Harbert! — respondeu Nab. — Mas seja lá porque for, este golfo não me agrada muito! Tem um não sei o que de malvadez!

— E esta! — exclamou Pencroff. — Nab está depreciando o meu golfo, quando eu pensava em oferecê-lo à América!

— Terá ele águas bem fundas? — perguntou o engenheiro. — O que é suficiente para o nosso *Bonadventure* pode não ser o suficiente para um navio de grande porte.

— Isso é fácil de verificar — respondeu Pencroff, jogando ao mar uma comprida corda que lhe servia de sonda, e que tinha um pedaço de ferro atado a uma das extremidades. A sonda tinha cerca de 100 metros, e desenrolou-se toda sem alcançar o fundo.

— Realmente — disse Cyrus, — este golfo é um verdadeiro abismo. Porém, dada a origem plutônica desta ilha, não me admira que o fundo do mar apresente semelhantes depressões.

— Tudo isso é muito bom, mas observe, Pencroff que o seu porto tem uma falta importantíssima.

— Qual é, senhor Spilett?

— A de uma abertura, de uma trincheira qualquer que dê entrada para o interior da ilha. Não vejo um ponto sequer onde se possa pôr pé em terra!

Efetivamente as lavas altíssimas e a prumo não ofereciam em todo o perímetro do golfo não ofereciam um só lugar propício a um desembarque. O golfo estava cercado por uma cortina insuperável que fazia lembrar, ainda que mais árida, os fiordes da Noruega. Apesar do *Bonadventure* navegar tão perto destas muralhas, que chegava a rasá-las, não se encontrou uma única saliência onde os passageiros pudessem desembarcar.

Pencroff consolou-se disto dizendo consigo que com o auxílio da nitroglicerina a muralha havia de abrir logo que fosse necessário, e como nada havia a fazer naquele golfo, saiu de lá por volta das duas horas.

— Uff! — exclamou Nab, soltando um suspiro de satisfação, já que não se sentia bem ali.

Do cabo Mandíbula até a foz do Mercy, a distância devia ser de cerca de 10 quilômetros. Pencroff navegou a todo pano, seguindo a costa a pouca distância da terra. Às enormes rochas seguiram-se dentro em pouco as caprichosas dunas, entre as quais o engenheiro fora tão singularmente encontrado e que as aves marítimas freqüentavam aos centos.

Às quatro horas Pencroff, deixando à esquerda a ponta do ilhéu, entrava no canal que o separava da costa, e às cinco os ferros do *Bonadventure* mordiam no fundo arenoso da foz do Mercy.

Havia três dias que os colonos tinham saído de casa. Ayrton esperava-os na praia, e mestre Jup veio recebê-los contentíssimo, soltando sinceros grunhidos de satisfação.

Estava feita afinal a exploração completa das costas da ilha sem que encontrassem o menor vestígio de algo suspeito. Se algum ente misterioso residia ali, por certo estava oculto pelos impenetráveis arvoredos da península Serpentina, lugar onde os colonos não tinham podido realizar minuciosa investigação.

217

Spilett conversou sobre isso com o engenheiro, e combinaram então de contar para os outros colonos todos os fatos inexplicáveis que vinham ocorrendo.

E Cyrus, voltando a falar a respeito da fogueira acesa por mão desconhecida na praia, não pôde deixar de repetir:

— Mas, você está certo do que viu? Não teria sido uma erupção do vulcão? Algum meteoro?

— Não, Cyrus, era uma fogueira. Pencroff e Harbert também a viram!

No dia 25 de abril os colonos estavam reunidos, quando Cyrus lhes disse:

— Meus amigos, devo chamar-lhes a atenção para estranhos fatos que têm se passado na ilha, e sobre os quais desejo saber sua opinião. Estes fatos poderiam ser chamados até de sobrenaturais...

— Sobrenaturais? — exclamou o marinheiro, fumando seu cachimbo. — Seria a ilha mal-assombrada?

— Não, Pencroff, mas que é misteriosa, isso não tenho dúvida — replicou o engenheiro. — A não ser que possa explicar o que nem eu nem Spilett conseguimos compreender até hoje.

— Conte-nos tudo, senhor Cyrus — disse o marinheiro.

— Muito bem... — começou o engenheiro. — Como foi possível que, tendo caído no mar, eu fosse encontrado a meio quilômetro da praia, sem que tivesse consciência de tal mudança?

— O senhor pode ter desmaiado... — apressou-se a dizer Pencroff.

— Isso não é possível — replicou o engenheiro. — Continuemos.... Como Top pôde descobrir o local onde vocês estavam escondidos, há mais de dez quilômetros da gruta onde eu estava?

— Pelo faro, pelo instinto... — disse Harbert.

— Instinto singular! — notou o repórter. — Como o cão conseguiu, apesar da chuva e do vento, chegar até as Chaminés, perfeitamente seco e sem sinal de lama?

218

— E mais! Como o cão foi tão misteriosamente lançado para fora do lago, depois da luta contra a vaca-marinha?

— Não, isso não podemos explicar, nem mesmo a ferida da vaca-marinha, que parecia ter sido feita com um instrumento cortante. Isso, eu compreendo menos ainda — respondeu Pencroff.

— E outra! Como explicar termos encontrado o grão de chumbo no pecari? E o caixote, que apareceu na costa, sem mais nem menos, sem qualquer vestígio de naufrágio? Ou a garrafa com a nota, que apareceu tão a propósito no dia da nossa primeira excursão marítima? E a canoa, que soltou-se das amarras e nos apareceu na foz do Mercy, precisamente no momento em que precisávamos dela? A invasão dos macacos, e a escada que nos apareceu tão oportunamente do alto do Palácio de Granito? E o documento que Ayrton afirma não ter escrito, mas que veio parar em nossas mãos?

Smith acabava de enumerar, sem esquecer um só, os fatos mais estranhos passados na ilha. Harbert, Pencroff e Nab entreolharam-se, sem saber o que dizer, porque aquela série de incidentes, assim reunidos, causava a todos uma profunda estranheza.

— Palavra de honra, senhor Smith — disse afinal Pencroff, — o senhor tem razão. Isso é muito difícil de explicar!

— Pois então, mais um fato veio juntar-se a estes, e mais incompreensível ainda que os outros!

— O que foi? — exclamou Harbert.

— Você me disse que viu uma fogueira, no dia em que voltou da ilha Tabor, não é Pencroff?

— Claro que disse — respondeu o marinheiro.

— Está certo de ter visto a tal fogueira?

— Tão certo quanto estou vendo o senhor agora, senhor Cyrus.

— Você também viu, Harbert?

— Sim, senhor Cyrus, e era um clarão enorme!

— Não seria uma estrela? — insistiu o engenheiro.

219

— Isso não, porque o céu estava encoberto, e em todo caso, se o clarão fosse de uma estrela, não estaria tão baixo no horizonte. O senhor Spilett também viu o clarão, e poderá confirmar isto.

— E vou até acrescentar — disse o repórter, — que era um clarão brilhantíssimo, que se projetava ao longe como se fosse luz elétrica.

— É verdade... É verdade... — disse Harbert, pensativamente. — E parecia até vir das alturas do Palácio de Granito!

— Meus amigos, neste dia, nem eu nem Nab acendemos fogueira alguma na costa!

— Como não? — exclamou Pencroff, estupefato.

— Nem saímos do Palácio de Granito, e se apareceu alguma fogueira na costa, outra pessoa a acendeu!

Pencroff, Harbert e Nab estavam pasmos. Não havia como explicar este fato, e eles tinham visto com seus próprios olhos o clarão de uma fogueira naquela noite!

Não restava a menor dúvida! Era preciso crer que ali havia algum mistério! Uma influência evidentemente favorável aos colonos, mas que lhes excitava a curiosidade. Existiria na ilha algum ser escondido? Custasse o que custasse, os colonos tinham que descobrir!

Smith também lembrou aos companheiros o modo singular com que Top e Jup andavam em roda da boca do poço que servia de comunicação entre o Palácio de Granito e o mar, e contou-lhes como explorara o tal poço, onde nada de suspeito descobrira. E a conclusão desta conversa foi a decisão, unânime, de explorarem a ilha minuciosamente, assim que viesse o bom tempo.

Deste dia em diante, porém, Pencroff começou a andar pensativo e triste, porque parecia-lhe que aquela ilha, que já considerava como sua propriedade, não lhe pertencia exclusivamente; pelo contrário, partilhava a propriedade com alguém a quem, querendo ou não, precisavam submeter-se.

Ele e Nab conversaram muito sobre estes fatos inexplicáveis, e estavam quase convencidos de que a ilha Lincoln era subordinada a alguma potência sobrenatural.

O mês de maio trouxe o mau tempo. O inverno anunciava-se rigoroso. Por isto, os colonos dedicaram-se aos trabalhos da invernada.

Os colonos já estavam mais preparados para o inverno, pois não lhes faltava feltro. Ayrton também foi convenientemente provido de roupas quentes. Cyrus até o convidou para passar o inverno no Palácio de Granito, onde ficaria melhor alojado. Ayrton concordou, prometendo ir assim que terminasse as obras do curral. E cumpriu a promessa. Desde então compartilhou da vida em comum, tornando-se sempre útil; humilde e triste, porém, nunca tomava parte nos raros divertimentos dos companheiros.

Os colonos durante a maior parte dos dias daquele terceiro inverno não saíram do Palácio de Granito. Houve violentas tempestades e vendavais terríveis, que pareciam abalar as penedias da ilha pela base. Houve marés tão grandes que a água ameaçava cobrir todas as partes baixas; navio que estivesse fundeado naquelas paragens, decerto não escapava de se perder com vidas e fazendas. Duas vezes, durante uma daquelas borrascas, o Mercy encheu a ponto de causar sérios receios de que tanto a ponte como os pontilhões fossem arrebatados pela corrente; sendo até necessário reforçar os da praia, que ficavam debaixo de água quando o mar batia o litoral.

Como é de supor, aqueles enormes vendavais, comparáveis a trombas, de neve e chuva juntas, causaram estragos no platô da Vista Grande. O moinho e a granja sofreram muito. E para que as aves não corressem risco, os colonos tiveram que acudir por vezes ao abrigo delas com consertos urgentes.

Durante o período de mau tempo também alguns jaguares aventuraram-se até a orla do platô, sendo de se recear que algum mais faminto conseguisse transpor o riacho, que

221

estava congelando, facilitando-lhes a entrada. Se não fosse a vigilância constante dos colonos, tanto os animais quanto as plantações teriam sido destruídos; muitas vezes tiveram que recorrer às armas de fogo para conter os perigosos visitantes. Como se vê, não faltou aos colonos o que fazer, mesmo porque, além da vigilância, ainda tinham que trabalhar nas acomodações do Palácio de Granito.

Houve também belas caçadas, realizadas nas épocas de maior frio nos vastos pântanos. Spilett e Harbert, auxiliados por Top e Jup, não perdiam um só tiro, e provinham a despensa de casa com patos e galinhas selvagens.

Assim se passaram os quatro rigorosos meses de inverno, junho a setembro. Mas, o palácio de Granito não tinha sofrido muito com as inclemências do tempo, e o mesmo sucedeu no curral, que, menos exposto que o platô, e abrigado pelo monte Franklin, sofria menos com os vendavais. Os estragos foram poucos, e Ayrton consertou tudo rapidamente.

Durante aquele tempo, nenhum fato inexplicável ocorreu, apesar de Pencroff e Nab estarem atentos. Até Top e Jup não manifestavam mais sintomas de inquietação perto do poço. Parecia que a série de acidentes sobrenaturais estava interrompida; no entanto, este era o assunto favorito durante as noites, e persistiu-se na idéia de explorar a ilha minuciosamente. Um acontecimento, porém, de grande importância, e cujas conseqüências podiam ser funestas, veio por um momento alterar os planos dos colonos.

Estavam no mês de outubro e o bom tempo aproximavase a passos largos. No dia 17 de outubro, cerca de três horas da tarde, Harbert encantado com a pureza do céu, pensou em reproduzir pela fotografia toda a Baía União que está em frente do platô da Vista Grande, desde o cabo da Mandíbula até ao cabo da Garra.

Como de costume, Harbert tinha colocado a objetiva a uma das janelas do salão do Palácio de Granito, dominando

222

Cyrus examinou o ponto indicado.

assim toda a praia e Baía, e logo que obteve o clichê fixou-o por meio de ingredientes que tinham sido convenientemente dispostos numa cavidade escura da habitação. Trazendo-o para a claridade e observando-o bem, descobriu um ponto quase imperceptível que manchava o horizonte do mar. Tentou destruí-lo por meio de lavagens mas não o conseguiu.

— É talvez um defeito do vidro — pensou ele.

Teve então curiosidade de examinar o tal defeito com uma lente que tirou de um binóculo, mas logo que olhou soltou um grito e por pouco que o clichê lhe não caiu das mãos. Voltando ao quarto onde estava Cyrus Smith, estendeu-lhe o clichê e a lente e indicou-lhe a pequena mancha.

Cyrus Smith examinou o ponto indicado; depois, pegando no seu binóculo, precipitou-se para a janela.

Percorreu lentamente o horizonte com o binóculo, e demorando-o sobre o ponto suspeito pronunciou apenas esta palavra:

— Navio!

E, com efeito, um navio estava à vista da ilha Lincoln.

A conclusão desta história está no volume 5: O Segredo da Ilha - A Ilha Misteriosa III

Este livro *O Abandonado — A Ilha Misteriosa II* é o volume n° 4 da coleção *Viagens Extraordinárias — Obras Completas de Júlio Verne*. Impresso na Editora Gráfica Líthera Maciel Ltda, à Rua Simão Antônio, 1.070 — Contagem, para a Villa Rica Editoras Reunidas Ltda, à Rua São Geraldo, 53 — Belo Horizonte. No Catálogo Geral leva o número 06065/5B. ISBN: 85-7344-518-1